COBALT-SERIES

八番街の探偵貴族

はじまりは、舞踏会。

青木祐子

集英社

八番街の探偵貴族

Contents

イラスト／⑪《トイチ》

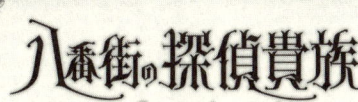

マイア
元メイドの少女。17歳。とある事情から仕事を辞めることになってしまったが……。
レヴィン
クレセント私設事務所の所長。21歳。貴族らしいのだが、どこか怪しい影のある美青年。
八番街の探偵貴族
人物紹介
アンジェリカ
ジャンの恋人。美女。
ジャン
美しいが、どこか軽薄な印象を与える富豪の青年。
ヘイル
レヴィンの個人秘書兼従僕。

第一話

はじまりは、舞踏会。

ずっと、ずっと、あなたのことが好きだった。
愛されて、裏切って、殺してやりたいくらい。

プロローグ

とにかく、なんでもしなければいけない、とマイアは思っていた。

幸せになるためには。

ここロンドンは世界の中心。喧騒《けんそう》と静寂《せいじゃく》と、馬車と車と鉄道と、労働者の汗のにおいと貴族の夫人のかぐわしい香り、すべてが交じり合う霧《きり》の都。

この魅惑《みわく》的な町で、さしたる能力のない十七歳の女の子が、まともな暮らしをするためには、なにもかも、選んでなどいられない。

イギリス北西部の片田舎《かたいなか》、ベッドソンを出て、最初に勤めた家で客用メイドにまでなれたのは、本当に幸運なことだったんだわ――と、マイアは仕事を失って三カ月にして、しみじみと思い知っている。

十六歳からの一年半、メイドとして働いた経験があるといっても、紹介状もなく、主人を裏切るように急に辞《や》めたのでは、新しく雇ってもらうのも難しいのだ。

辞めたのはわたしのせいじゃない……と、いいわけをしたくなる自分を、マイアは自分でいましめる。いまは、そんなことを考えているときじゃない。

——覚悟を、決めなくちゃ。

マイアは、白いレースの手袋に包まれた手をぎゅっとにぎりしめて、馬車の窓から外を見る。

失業したのは仕方ないけれど、しっぱなしはいけない。みすぼらしい暮らしに慣れてしまったら、一生浮き上がれない。

だからこそ、マイアは、少々危なげな仕事でもやってみようと決めたのだ。

さいわい、ロンドンには思いもよらない仕事がある。

たとえば、怪《あや》しい男の助手として、彼の恋人になりすましたりとか——。

「——大丈夫かい、マイア」

考えこみながら外を眺めていたマイアは、レヴィンの声で、はっと我《われ》にかえった。

窓の外は、夕暮れのオックスフォード通りである。

もちろん、初めて見るながめだ。

高い鉄の柵《さく》に囲まれた公園のかたわらでは、腰のふくらんだドレスを着た女性が、申しわけ程度の小さな帽子を頭にのせて歩いている。

馬車はかつかつとロンドンの中心に向かっている。

「平気よ。見下ろすのに慣れてないから、珍しいだけ」

マイアは言った。

さいわいマイアは客用メイドだったので、上流階級の言葉づかいには慣れている。

レヴィンはマイアをやや冷たい目でながめおろす。

純度の高いガラス玉のような蒼《あお》の瞳《ひとみ》と、白い肌。うす暗い明かりに照らされて、長めの黒髪がつややかに光っている。

伝統的な貴族のようでもあり、北フランスあたりからやってきた、野心家のなりあがり男のようでもある。美貌《びぼう》ではあるが、どこに属しているのかわからなくて、見ているこちらを不安にさせるような男。

馬車の窓に映る自分——金髪というにはいささか濃すぎる赤茶色の髪に、オリーブ色の瞳をした自分の姿が、恥ずかしくなるくらいに。

馬車の中にいるのは、レヴィンとマイアだけである。

絹《きぬ》のイヴニングドレスに身を固めたマイア同様、レヴィンも盛装だ。

重たいドレスに慣れようとしてけんめいになっているマイアと比べると、白いシャツに、青のクラヴァットを合わせた姿は、暗がりの中でさえ、うっすらと光っているかのようである。

「男が気をつかっているときには、たとえいますぐ走り出せるほど元気がよくても、気分が悪いと言うものだよ、マイア」

「淑女《しゆくじよ》のふりをするのにはまだ早いわ。——今日、どうして車で来なかったの？」

マイアは言った。

クレセント事務所の半地下、本来、厩《うまや》である場所に、磨き上げられた黒い車が置いてあるのを、マイアは確かめていたのである。

レヴィンは肩をすくめた。

「車のほうが便利がいいんだが、ロンドンの上流階級というところはやっかいでね。いまだに、初対面の男のステイタスを、彼がどんな馬を持っているかで判断する」

こういう皮肉っぽい言い方は、彼の癖《くせ》である。

「あなたが、そんなことを気にするとは思わなかったわ」

「気にするよ。なにしろ今日、ぼくは美しい恋人を連れた、謎の男を演じなくてはならない」

「演じる必要はないでしょ。じゅうぶん変よ、あなたは」

「当然誉《ほ》めているんだろうね。マイア？」

「半分くらいはね」

「残り半分は？」

「わからないわ。あなたの半分は厚顔無恥《こうがんむち》と自惚《うぬぼ》れでできている。残り半分はなにでできているか、わたしは知らない」

「きみの自惚れもかなりだな。知り合って半月しかたってない男の、半分を知ったつもりになっているなんて。――寝室をともにしたわけでもないのに」

マイアは思わず首をまげて、レヴィンの顔を見た。

レヴィンが、こういう種類の冗談を言うタイプだとは思っていなかったのである。そういう仕事だとは聞いていない。食いつめても、体を売るようなことをしたくないからこそ、それ以外のどんな仕事でもやるつもりになっているというのに。

「冗談だよ。そういう用事なら、きみを選ぶわけがないだろう」

おかしそうにレヴィンは言った。

マイアは、落ち着くのよ、と自分に言い聞かせた。

気をつけなくちゃ。ロンドンの男は調子がいいんだから。

少ない貯金が尽きかけて、途方にくれて、助手求む――という新聞広告にとびついてしまったのは自分だけれど、そういう誘いをきっぱり断るだけの分別は残っている。

体を売ったことのある女と、結婚しようと思う男はいないからだ。たとえ、買ったのが自分であっても。

マイアの反応がおかしかったらしい、レヴィンはにやりと笑った。

「きみは面白いな。ぼくの助手――いや、恋人にふさわしい。これは、思わぬ僥倖《ぎょうこう》だった。その勢いで、今日の舞踏会でも男たちを魅了してほしいな」

「今日はただ、にこにこしていればいいんじゃないの？」

「にこにことは言っていない。愛想《あいそ》よく、だ。魅力的に、笑顔をふりまいて、舞踏会の主催者の心を魅了する。きみのいいところは、普段のつまらなそうな顔と、笑顔とのギャップだからね。ぼくはそこが気に入ったんだ。つまり、愛想のないところと、いくらでも笑顔をふりまけるところが」

「悪かったわね」

「いや、悪くない。——笑ってみて」

笑顔は客用メイドの得意技である。

ここで使うのもいかがなものかと思ったが、レヴィンはいちおう上司なので、マイアはいやいやほほえんだ。

「いいね。かわいいよ」

レヴィンはさらりと言った。

黒髪で蒼の瞳というのは、妙に神秘的で、ひきつけられるものがある。

馬車が速度を落とし始める。馬車は、メイフェアからはずれた、それでも上品な屋敷の立ち並ぶ通りに入っていく。

マイアが身につけているのは、胸もとに可憐《かれん》なリボンがついている、淡いピンク色のドレス。急ごしらえなのでやや重く、イヴニングドレスにしては胸もとが詰まっているのが難だけれど、じゅうぶんに美しい。

白いレースの手袋に、二頭立ての高い馬車。御者席《ぎょしゃせき》に座っているのは、主人に忠実な使用人。誰からも注目を集めるような美貌の男とともに、着飾って舞踏会に行く。

これはマイアが一時、手に入れられないと思いつつも、憧《あこが》れたものである。

こんなところで実現するなんて、思ってもみなかった。

実のところ、いちばん問題なのは、マイアが早くも、これが、いやな仕事なのかどうか、わからなくなっていることなのである。

1　強気な求人と面接《オーディション》

助手求む。

内勤・外勤・特殊業務あり。

髪は茶色、目は黒が望ましい。掃除・料理・洗濯・縫《ぬ》い物等、出来る方歓迎。

給料：週3ポンド。特殊業務に成功したら5ポンド上乗せ。住み込みの場合、部屋代を差し引く。その他、応相談。

クレセント私設事務所　所長　L・C
ロンドン・ウイルスコット通り8番街　電話××××—××××

マイアがこの広告を見つけたのは、半月前の朝だった。

週三ポンドの給料はもちろん魅力的だったが、いちばんひきつけられた文言《もんごん》は、住み込み可、というところである。

マイアは、ホテル――といっても朝食とベッドだけの小さな宿である――の居間で、ほかの求人案内とともに、こっそりと電話番号をメモに書きつけ、郵便局に走った。

前払いした宿代はもうすぐ尽きる。ホテルの女主人は、次の一週間分を払うか、出ていくか、今日にでもマイアに迫ってくるはずである。

三カ月ほど前、勤め先を辞《や》めたときは、これほどせっぱつまってはいなかった。マイアが勤めていたブランストン家は、貴族ではないがそこそこの金持ちの家だったし、一年半も客用メイドをやっていたとなれば、すぐに新しいメイドの口があると思っていたのだ。

甘かった。

あてにしていた知り合いは、ブランストン家から流れた噂《うわさ》を知ってどこも紹介してくれず、一カ月たたないうちに、なけなしのお金の底が見えてきた。

マイアは少しでも無駄な支出を避けるために安い宿に移り、新聞の求人広告を首っぴきにして、メイドを募集しているところに片《かた》っ端《ぱし》から電話をかけた。

そして何回か断られたあと、この宿にいられる最後の日に、この広告を見つけたというわけなのである。

とにかく――。

事務員らしい、冷たい声の男と電話で話して、やっとクレセント私設事務所の面接の約束にこぎつけたとき、マイアは腹をくくった。

わたしは、なんでもしなければいけない。

アラン・ブランストン——あの人は、きみはこの家を出て、いい人と結婚するのが幸せだと——なんなら結婚相手を求めている男性を紹介してやってもいい、とまで言ったけど。

いつか幸せになるときまで、ロンドンを離れるわけにはいかない。

そう決めた以上、えり好みなんてしていられないのだ。


クレセント私設事務所は、ロンドンの大通りから一本はずれた住宅地にある、ごく普通の細長い建物だった。

約束の時間の少し前についたマイアは、扉の前で止まり、しばらく表札をながめる。

玄関の中央には、クレセント私設事務所、というそっけない名前と、小さな三日月のマークが描いてあった。

私設事務所の助手——か。

何をするのかはわからないけど、とりあえず、家の中で働く仕事ではあるんだろう。

求人広告に掃除だの料理だのと書いてあるところをみると、メイドに似た仕事かもしれない。だったらお手のものだ。

客用メイドだったので、掃除やら料理やらは得意ではないけれど、できないことはない。

マイアは今日の髪がきれいな茶色であるかどうか、扉の前でいちおう確かめた。

メイドに髪の色や目の色を指定してくる、というのは珍しいが、聞かないこともない。客用メイドは容姿を重要視されるし、ロンドンの金持ちたちの中にはなぜか、金髪を偏愛《へんあい》したり、黒髪を嫌ったり、あるいはその逆だったりする人間がいる。

マイアの髪は茶色というにはちょっと赤みがかっているので、もしも雇用主《こようぬし》が金色に近い茶色の髪を求めていたら困る。瞳《ひとみ》は黒——といっても、緑がかったオリーブ色に近い。そこも目をつぶってもらう必要がある。

光に透かしてみても、髪の色はこれまでと同じだった。

いろいろ考えても、条件が変わるわけでもない。

マイアが深呼吸し、玄関のノブに手をかけようとしたとき、かちゃり——と扉が開いた。

「マイア・クランさまですね」

マイアは固まり、あわてて前に向き直った。

どうして気づいたのだろう。出てきたのは、中肉中背《ちゅうにくちゅうぜい》の男である。

茶色がかった黒髪と、同じ色の瞳。雑踏《ざっとう》にまぎれこんでしまったら二度と見つけられないだろう、平凡な男である。一見、年配かと思われたが、太陽の光を浴びると、せいぜい三十歳といったところのようだった。

「はい。あの——求人広告を見て」

「存じております。こちらへ。面接は定刻から行います」

男はゆっくりと言った。

応募したのが自分だけではなかったとなると、ちょっと緊張する。

男はすべるように先にたって、廊下《ろうか》を歩き始め、マイアは帽子をとりながら、あとを追った。

「あの——あなたのお名前は」

「私はヘイル。ヘイル・ローゼンブラッド・スチュアート。レヴィンさまの秘書です。ヘイルとお呼びください。もちろん、面接で不合格だったときはその限りではありませんが」

「レヴィン——って、この事務所の偉《えら》い人？」

「そうです。レヴィン・クレセントさま。事務所の所長、かつ私の主人です。あなたが合格した暁《あかつき》には、レヴィンさまのもとで助手を務めていただくことになります」

ヘイルはどこかうやうやしいような口調で、レヴィン・クレセントさま、と言った。

平凡だと思った体は、うしろから見ると筋肉質だ。まるで貴族の家の第一従僕のような、すきのない黒のフロックコート。

まるで忠実な使用人みたいだわ、とマイアは思った。事務所の秘書なんかじゃなくて。

秘書とか助手とかいうのが、使用人とどう違うのかはよくわからないけど。

メイドだった身にしてみれば、使用人が自分にへりくだってくるのは変な感じだ。

「今日、面接するのも、その人なのかしら」

「もちろんです。――この部屋で面接をお待ちください、マイアさま。事務室は上の階です。他のかたはすでに、いらっしゃっています。定刻になったらお呼びします」

ヘイルの言葉はていねいだが、質問を許さないような雰囲気《ふんいき》がある。

ヘイルは廊下のいちばん奥の扉を開け、うやうやしく中を指し示した。


マイアが部屋の中に入っていくと、ふたりの男女が離れて座っているのが見えた。

さほど広くもない部屋である。

壁紙は明るい青で、雲に似た模様が描かれている。もとは子ども部屋だったらしい。事務所の待合室のわりには事務的なところのない部屋である。

部屋の中には中央にテーブルと、すみのほうに長椅子《ながいす》、それから小さな椅子がいくつかあるきりだ。

端のほうには髪をうしろに結い上げ、きちんと手袋をした金髪の女性。そして窓際《まどぎわ》の長椅子の上に若い男性が座っている。

男性のほうはコートではなくて、労働者風のジャケットを羽織った姿だ。

帽子を目深《まぶか》にかぶり、顔をねじまげるようにして、窓の外を見ている。彼はマイアが部屋に入ってくると、ちらりと目を走らせて、また視線を外に戻した。

そういえば、あの広告には、女性を求むとは書いていなかった。

応募者はわたしを含めて三人だけなのかしら、と思いながら、マイアがすみの椅子に腰かけると、女性が、そっと体をこちらに寄せてきた。

「――あなた、新聞を見てきたの？」

金髪の女性は、ささやくようにマイアに言った。

マイアは彼女を見た。

いかにもロンドンでしっかりと働いているような、落ち着いた女性である。カールしたまつ毛が黒茶の瞳のまわりを縁取《ふちど》り、結い上げた髪からは、かすかにコロンの香りがする。

地味なえんじ色のドレスは上着とスカートが同じ色で、下からは同じ色のブラウスが見える。いかにも働く女性、といった風貌《ふうぼう》だ。

マイアは持っている中ではいちばん真面目《まじめ》そうに見える、深い緑色のドレスを着てきたが、彼女を前にするとどこか場違いなような気がする。

「――ええ、そうよ」

やや警戒心をもったまま、マイアは言った。

女性はほほえんだ。

「わたくしはアリスよ。ごめんなさい、急に声をかけてしまって。でもなんだか、この面接、変な気がしたものだから」

「変な気って?」

「あの新聞広告、以前にも出ていたのよ。一カ月も前だったかしら。今回ので二度目なの。——これって、変だと思わない」

ささやくようにアリスは言った。

「一カ月前?」

「ええ」

アリスはうなずいた。

「そのときも応募したかったのだけど、見つけたのは数日たってからだったたし、いまから応募してももう決まっているものと思って、あきらめたの。そうしたらまた新聞に載《の》ったので、急いで応募したのよ。でもよく考えたら、週三ポンドなんて好条件なのに、どうして決まらないのかしら」

「なかなか条件に見合う人がいないんじゃないかしら。茶色の髪とか黒い瞳とか——」

そういえばアリスは金髪である。瞳の中心は黒だが、まわりは猫のように茶色がかっている。条件と少し違うが、それはいいのだろうか。

「そうね。それも難しい条件でしょうね。わたくしは不合格かもしれないわ。あなたは——合格かしら」

「わからないわ。わたしも、瞳はオリーブの色に近いし」

「とてもきれいな瞳だわ。ただの黒よりいいと思うわ」

「ありがと」

アリスはおしゃべりだった。マイアはほほえんで返事をしながら、広告の文言を思い浮かべる。

マイアがひかれたのは、住み込みができそうなことと、メイドの経験を生かせそうだったこと、それから、髪と目の色だったから、変だとか考える余裕もなかった。

仕事の内容といえば、内勤・外勤・特殊業務――。

「――そういえば、特殊業務、って書いてあったわね。あれは何かしら」

マイアが言うと、アリスはうなずいた。

「わたくしも、それがひっかかったの。あの言葉の意味がわからなくて。いまになって、もしかして、いやなことをさせられたらどうしようって不安になってしまって。こんな時勢ですものね」

「時勢？」

アリスは手に持っていたレースのハンカチを握りしめた。

「いまはどんどん世界が変わっているんですもの。あちこちで階級が入れ替わって、貴族たちが落ちぶれて、聞いたこともないような名前の家が社交界に出てきているわ。ここの事務所の人も、紳士録にも載っていないような男性なのよ。それなのに週三ポンドとか」

「紳士録なんて、見たこともなかったわ」

マイアは言った。

アリスが言っていることはよくわからないが、応募者のひとりが働くのをためらっているのなら、マイアにとってはありがたいくらいである。

ここはわたしに譲ってほしいものだ。アリスのような女性なら、どこにでも働き口はありそうだし。

アリスは目を丸くした。

「あなた、自分が働くかもしれない場所を、調べもしないでここに来たの？」

「事情があるの。わたしはそんなに経験もないし、雇ってもらえるならそれだけでいいの」

「人には言えないような仕事でもいいの？」

「人に言えないことっていうのが思い当たらないけど、だいたいのことはできるわよ。自分を売るようなものじゃなければ」

「いやな相手に対して笑うことができる？」

「それは仕事の基本だわ。大得意。わたしは客用メイドだったから」

マイアはほほえんだ。

メイドにもそれぞれの役割があり、向き不向きがある。最初は雑役《ざつえき》メイドから、洗濯が得意なメイドはランドリーメイド、調理が得意なメイドはキッチンメイド。優秀さを見込まれると主人について、個人メイドとしてあらゆることをこなすこともある。

マイアは客用メイドとして、愛想《あいそ》だけはよくする訓練を受けている。愛想は売り物なので、かわりに客のいないときには、必要以上に無愛想《ぶあいそう》でつっけんどんになってしまうわけだが。

アリスは感心したような、呆《あき》れたような表情になった。

「あなたはなにも知らないのじゃないかしら。きっと、引き受けるには覚悟がいる仕事なのよ。だからこそ、なかなか決まらないんだわ――」

「――骨格だ」

部屋のすみからぼそりと声がして、マイアとアリスは同時にふりかえった。

声を出したのは、三人目――長椅子に座り、じっと窓の外を眺めていた男である。

「あなた、いま、なんて言ったの？」

アリスが、おそるおそる、というように尋ねた。

男は、格子縞《こうしじま》の帽子をかぶったまま、うっすらと笑った。

どこかだらしなく、長椅子の背もたれに手をのばし、足を組んで座っている。

「聞こえなかったのか？　骨格だ。骨だ。うすっぺらな皮膚《ひふ》と肉の内側にあるものだ。骨が不完全だから、ほかのやつらは不合格になったんだろうよ」

マイアとアリスは、部屋のすみにかたまったまま、男に目をやった。

アリスは眉《まゆ》をひそめた。

「意味がわからないわ」

「つまり、この求人が決まらないのは、応募してくるのがあんたみたいな馬鹿ばかりだから、ってことなんだろうな」

「馬鹿ですって？」

「──アリスさま。アリス・ブラウンさま」

そのとき声がして、扉が開いた。

扉の向こうにいるのは、ヘイルである。

ヘイルは部屋を数秒見渡したのち、アリスに向き直った。

「面接を始めます。どうぞこちらへ」

ヘイルが言い、アリスは一瞬、男をにらみつけてから、部屋から消えた。


「骨を見せてみろ」

と男が言った。

アリスがいなくなった部屋で、マイアは男に目を向けた。

この男が変わりものだろうとなんだろうと、アリスと同じく、仕事を探している立場であることは間違いない。

「骨が、特殊業務と関係があるの？」

マイアは尋ねた。

動物の骨やら肉のことなら、慣れていなくもない。

客用メイドになる前にマイアが住んでいた村には牧場がたくさんあった。大人が羊や牛の肉をさばき、残った骨や尻尾《しっぽ》で子どもが遊んだりした。

動物の骨格標本を作れと言われたら、それだけはアリスよりもうまくできそうである。

男は、うなずいた。

「骨さえよければ、いくらでも化《ば》けられる。さっきの女は化粧していたな。似合わなかった。骨格がよくない」

「そうでもないわ。アリスさん、美人だったわ。頭蓋骨《ずがいこつ》の形もよかったわよ」

マイアは言った。

アリスの鼻やあごの線は完璧だった。あれで悪いと言われたら、骨格がいい女性なんていないと思う。

それよりも、まつ毛の形はもっとよかった。

できるならもう一回アリスと会って、まつ毛をあんなふうにカールさせる方法を聞いてみたいくらいだ。

「頭蓋骨」

男は目を細めた。

「それは本心か？　妙な男の妙な言葉に合わせた社交辞令？　それとも自分が、ほかの女を誉めるほど心が広い女だということを俺に示すため、必死になっているのか」

マイアは呆《あき》れた。考えすぎである。

おまけにこの男、自分が妙だということを知っているらしい。

繁華街になんてめったに出なかったけれど、ロンドンの男というのはこんなものなのか。

「社交辞令なんて言わないわ、わたしは」

「ではなぜ？」

「アリスさんが素敵だったから、本当のことを言っただけ。それに、ここは仕事場じゃないもの」

「——顔を見せてみろ」

男はゆっくりと帽子をあげた。

男は手袋をしていた。手首から先が長い。黒い革の手袋が、なめらかな手を覆《おお》っている。深く被《かぶ》った格子縞の帽子の下から、長めの黒髪がのぞいている。——彼もまた、茶色い髪じゃない。

瞳の色は夏の空のような、うすい蒼。白い肌と、うっすらと赤い唇《くちびる》。高い鼻梁《びりょう》が女のように美しい男である。

まるで貴族みたい、とマイアは思った。

ヘイルを見たときに、まるで使用人のようだ、と思ったのと同じように。貴族というものがなんなのかもわからないのに。

マイアは、男と数秒、見つめあった。

「──悪くないな」

そして、男がぼそりとつぶやいた。

「夏のレンガのような髪だ。瞳もいい。虹彩《こうさい》が面白くて、ただの黒じゃない。そんなふうに言われたことは？」

マイアはやや鼻白む。

マイアだって自分の容姿についてはもちろん、毎日のように鏡を見てあれこれとやっているわけだが、今日会った男にまでこんなことを言われるとは思わなかった。

マイアはきっと、自分で思っているよりもきれいだよ──と、アランは十七歳の誕生日に言ってくれたものだが、それにしても、もっとたどたどしかった。

たぶん──アランとこの男は、同年代だと思うけど。二十二、二十三歳──最初の印象よりも、この男はもっと若い。

「──少し、あるわ」

「恋人に？」

マイアは一瞬、言葉を飲み込む。

「――前の家のご主人さま……その、ご子息の方に」

「きみはその男のことが好きだったのか？」

マイアははじめて、むっとした。

男がにやりと笑う。

どうやら、この男は人を怒らせて楽しむ趣味があるらしい。アリスに対してもそうだった。

そう思うと怒るわけにはいかない。マイアは平静を装った。

男は軽くほほえんだまま、すっと立ち上がった。

立ち上がると、思ったよりも背が高く、肩が広い。

彼は音をさせずに椅子をまわり、マイアの前に来た。

そのまま手をのばし、髪に触れられる――寸前に、マイアは腕を前にして男の手首をつかんだ。

男が動きをとめ、マイアを見る。

帽子の下で、蒼い瞳が光っている。

「なかなかすばやいね。そういうときは、やめてください、とかなんとか言って、許しを乞《こ》うものじゃないのかい」

「泣いたって身は守れないもの」

「それもご主人さまに教わった？」

「——そうよ」

「優しいご主人さまだ」

この男は、どうしてアランのことばかり言うんだろう。

マイアが手を放すと、男は大げさに手首を振りながら、マイアにほほえみかけた。

「そう怖い顔をするな。きみはその男のことを言われると顔色が変わるようだね」

「どうかしら。——そろそろ席に戻ったらいかが。ヘイルさんがお迎えに来るわ」

マイアは言った。なけなしの愛嬌《あいきょう》をふりまく気がなくなり、思い切りつっけんどんな声になる。

「そうだな。もうすぐ来る」

男はすばやく手をのばして、マイアのあごをつかまえた。今度は抵抗する暇《ひま》もなかった。

そのまま、もう片方の手でマイアの手をつかみ、椅子に押しつける。

どこがどうなっているのか、身動きできない。

マイアはもがいた。嚙《か》みついてやろうかと思った。

男に、こんなふるまいをされたことなどない。気のせいかもしれないが、胸のあたりをのぞきこまれているような気もする。

やめてください――と言おうかと思ったが、そう言ったら男の思う壺《つぼ》だ。

男は、じっとマイアの顔を見つめた。

「――きみの顔はいいな。骨格がいい。気が弱いんだか強いんだかわからないような性格もいい。失恋の反動かな？　理性的でいて、やけくそみたいな度胸がある。きみが最適だよ」

そう言った。

最適って何がよ――ていうか、失恋とか大きなお世話だし、と、マイアがさけびそうになったとき、扉が、かちゃりと開いた。

「レヴィンさま」

入ってきたのはヘイルだ。

ヘイルは、男がマイアを押さえつけているのを見ても、表情を微動だにしなかった。そのまま、感情のないような声で言う。

「アリス・ブラウンさまは帰しました、レヴィンさま」

「ああ、ご苦労。ちょうどいい。この子で決まりだから、面倒をみてやってくれ。どうせ、ろくな宿に泊まってないんだろう。ドレスは新調して、体中にはちみつを塗りたくって、淑女《しゅくじょ》の肌にしてやることだ」

「かしこまりました、レヴィンさま」

男はマイアから手を離していた。

マイアは呆然《ぼうぜん》として、男の顔を見つめる。

「レヴィン……さま……？」

「レヴィンでいい、マイア。きみはぼくの使用人じゃない。かしこまったのは嫌いだからね。せっかく合格したんだからもっと喜んだらどうなんだ？」

この男が、この事務所の所長。

驚きと困惑《こんわく》が過ぎ、目の前の失礼な男が求人広告を出した本人なのだと知って、マイアの中に別の感情がわきあがってきた。

「あなた、わたしをだましたのね？」

レヴィンは、肩をすくめた。

「だましたといえるのかね。きみは、この部屋で面接をお待ちくださいと言われたはずだ。だからぼくは面接した。それだけのことだと思うけど？」

あれが面接⁉　骨がどうとか、ご主人さまがどうとか、わたしが怒ったり自分をおさえたりするのを見て楽しむのが？

マイアは思わず激しい声をあげそうになり、寸前で飲み込んだ。

変な仕事かもしれない、っていうのはアリスと話してもいたし、わかっていた。

それでもいいと思ったから、ここに来たのだ。

「――なるほど。やはりきみは面白い」

レヴィンはマイアを興味深そうにながめおろし、帽子をとった。

帽子の下から、黒髪がさらりとこぼれ落ちる。

不覚にも、マイアはレヴィンに見惚《みと》れた。

「レヴィン・クレセント。クレセント事務所の所長だ。今日からきみの同僚で、ボスでもある。客からの依頼を受けて動く事務所だよ。察しの通り、少々妙な仕事もあるが、金を支払う以上は異論は許さない。それが働くってことだからね。そのあたりはわかっていそうな感じだけど。了解か？」

「——貴族なの？」

マイアは尋ねた。

もっと尋ねるべきことはたくさんあるはずだったが、それしか思いつかなかった。目の前にいるレヴィンは労働者の服装をしてさえ圧倒的に美しく、それでいて怪《あや》しくて、聞かずにはいられなかったのである。

レヴィンの答えは、一拍《いっぱく》遅れた。

「——そうだ」

笑みを消して、ほんの少し、怒ったような目でマイアを見つめて、レヴィンは言った。

それがマイアの、クレセント私設事務所の所長にして、得体《えたい》の知れない貴族――レヴィン・クレセントとの出会いだったのである。

2　替え玉の初出勤

「依頼人の名は、エリノア・バークレイ。今回、きみはその名前で通してもらう。わかっているね？」

レヴィンは言った。

もう夕暮れから、夜に近い時間になっていた。

馬車はかつかつかつ……と音をさせて、ロンドンの大通りから、小さな道に入っていく。

メイフェアより北――上級貴族の住む通りに比べれば、やや格の落ちる通りだ。

「今日の舞踏会の主催者――ジャン・ウォートンの、幼なじみね」

マイアは低い声で、この一週間で教わった、替え玉の経歴を言った。

マイアとレヴィンはふたりで舞踏会へ向かっている。マイアは淡いピンク色のイヴニングドレス、レヴィンは月のない真夜中のようなイヴニングコートだ。

御者席《ぎょしゃせき》で二頭の馬を操っているのは、ヘイルである。

この半月ばかり、マイアにいろんな作法を教えたのは、ヘイルだった。マイアがクレセント事務所で見たことのあるのはレヴィンとヘイルだけである。事務所のこまごましたことはヘイルがやっていて、いまのところレヴィンは威張《いば》っているだけのように見える。

仕事の内容を教わったときは、掃除だの料理だのって求人広告はなんだったのよ！　と怒りたくもなったが、そこは飲み込むしかない。安宿で暮らしている身では、雇ってくれただけで感謝しなくてはならないのである。

盛装したレヴィンを見たのは初めてだったが、こうしてみると、面接のときに事務所で見た、帽子と格子縞《こうしじま》のジャケットの姿が信じられなかった。あっちは変装だったということなのか。と思いかけて、ふっと頭にほかの考えが浮かぶ。――もしかして、こっちが変装かもしれないじゃない？

わたしがそうであるように。

なにも、似合うほうが本当の姿である、とは限らない。

「そうだ。バークレイ家とウォートン家。屋敷の地所がとなりで、エリノアの父親とジャンの父親が友人だった。きみは何年かぶりに、初恋の男と対面することになるわけだ」

レヴィンはマイアの気持ちも知らず、事務的な口調で続けた。

「ずっと親交はなかったのね」

「双方ともに、父親が亡くなっているからね。それも、バークレイ家のほうはあまり表ざたにできない死因で」

「バークレイ家の父親――オーランド・バークレイは自殺したのよね」

　マイアは言った。

　そのあたりのデリケートな関係は、頭に叩《たた》き込んである。

「そのとおり。二年前――エリノアが十八歳のとき、ピストルで。バークレイ家は破産する寸前だったので、それを苦にして自殺した。オーランドが死んだので、ジャン・ウォートンが残りの借金を返してやり、残された母と子は救われた。代わりにバークレイ家の地所はウォートン家のものになった。バークレイ夫人は再婚し、エリノアも路頭に迷わないですんだ。つまり、エリノア・バークレイはジャン・ウォートンにそれなりの恩義がある。初恋の人だというだけじゃなく」

　レヴィンはすらすらと言った。

「おとうさまが亡くなったとき――お葬式かなにかで、ふたりは会わなかったのかしら？」

「密葬《みっそう》だったし、父親が死んだショックで、エリノアは病気になってしまったんだよ。エリノアは父親っ子だったらしいから。しばらく入院して、母親のジャニーン以外の誰とも会わなかったのさ」

「そのお母さんは、すぐに再婚したわけだけど……」

　マイアは、レヴィンから渡された書類を神経質にめくりながら、つぶやいた。

　エリノア・バークレイ。

それが今日の、わたしの名前。

バークレイ家は貴族である。祖父は爵位《しゃくい》と、イングランドの北西部に領地を持っている。オーランド・バークレイ――エリノアの父親はいわゆる気楽な貴族の次男坊で、大学を卒業したあとも領地には戻らず、ロンドンで結婚して気ままに暮らしていたらしい。

二年前にオーランドが死んだあと、ジャニーン・バークレイ夫人はともかく、どうしてエリノアが祖父を頼らなかったのか、というのは謎なのだが、ずっとロンドンで暮らしていたエリノアにとっては、イングランド北西部は遠すぎたのかもしれない。

ともあれエリノアはいま、ジャニーンの再婚相手とともに、ロンドン郊外でほそぼそと暮らしている。

ロンドンのにぎやかな通りを馬車から見下ろして、ウォートン家の屋敷に向かうにつれ、マイアは落ち込むような気持ちになる。自分のことでもないのに。

今日は舞踏会。

馬車に車がとってかわり、電話が普及して手紙のやりとりが少なくなり、安定した女王の時代にややかげりが見え始めていても、社交の習慣は残っている。

いまエリノアは二十歳《はたち》。もしもオーランドが生きていて、ロンドンの上流階級にいたなら、とっくにデビューを果たして、社交界をにぎわしている年齢である。婚約や結婚もしていたかもしれない。

いまはどんどん時代が変わっている――と言ったのは、面接のときにたまたま同席した女性、アリスだったけれども。

「エリノアさまは、ジャンと婚約してたって言っていたけど、それは正式なものだったの？」

マイアは窓に映る自分の顔を見ながら、ひとりごとのようにつぶやいた。

「親同士ではそういう話は進んでいたらしいが、ジャンは学校に入った十四歳のときから、ほとんど帰ってこなかったそうだ。最後に会ったときは十年前、ジャンが十八歳、エリノアは十歳。それから数年あとにウォートン夫妻――ジャンの両親が亡くなったこともあって、うやむやになった。エリノアは本気だったにせよ、ジャンはそれほどでもない。だからこそ、きみがエリノアの身代わりになることもできるわけだ」

「彼のもとに写真の一枚くらいあるんじゃないかしら。エリノアさまの顔を覚えていたらどうするの？」

「写真を見ただろう。きみの顔はエリノアによく似てる。印象的な髪と目がね。だから、似ている女性が応募してくるのを待っていたんだ」

「いくら似てたって、そういうのって顔かたちだけじゃないと思うのよね」

マイアは手もとにある書類から、写真を一枚取り出した。

写っているのは、少年と少女である。

十歳のエリノアと、十八歳のジャン・ウォートン。

おそらく写真館で撮ったものだろう。ふたりとも笑顔で、うしろにはあふれんばかりの薔薇《ばら》が飾られている。

エリノアは、丸顔で、頰《ほお》が赤くて、くるくるした瞳《ひとみ》がとてもかわいらしい女の子だった。十歳という年齢よりも幼く見える。マイアも丸顔で、子どもっぽい顔つきだから、似ていないこともない。

かわいらしい、といえばジャンのほうもなかなかの美少年だった。細身の体に、さらさらとした長めの金の髪。学校の制服を着ているが、まるで女の子のようである。面食いではないマイアでさえ、目が釘《くぎ》づけになってしまう。

窓ガラスの中のレヴィンは、皮肉っぽい表情で、首を振った。

「少なくともきみが、いまのエリノアよりも昔のエリノアに似ていることは間違いないよ」

「エリノアさま、そんなに変わってしまったの？」

「ジャンが見てもわからないくらいにはね」

「病気だなんて、かわいそうに」

マイアは嘆息《たんそく》した。

エリノアは父親が亡くなってから病気になり、姿かたちが変わってしまったのだという。

マイアよりも三つ年上の二十歳だが、すっかりやつれて、昔のふっくらした面影《おもかげ》はないらしい。

だからこそエリノアは、似た女性を探して、ジャンに会ってほしい、と依頼したわけだ。

「今日はウォートン家が主催で開くはじめての舞踏会なんだ。ジャンは大学を卒業したあと会社を作って、ずっと働いてきたから、派手なことをできなかった。ジャンの父親は一介の軍人であって、貴族でもなんでもないからね。ジャンにとっては今日が社交界デビューといってもいい。本当は、エリノア本人がパートナーになりたいところだろうが、親交は途絶えている」

「今日は、ジャンにとってても大切な日なのね」

「そう。だからこそきみの出番だ。華やかな席で、十年ぶりに幼なじみと会って、彼と話し、自分を思い出させ、父亡きあと、母と自分にした援助について、感謝の気持ちを伝えたい。どうせ死ぬのなら、一瞬だけでも彼の記憶の中にとどまりたい。恋する女性の気持ちはきみにもわかると思うけどね」

「なにも今日じゃなくてもいいと思うわ。いっそ病気だってことを打ち明けて、お見舞いに来てもらったら？」

「変わってしまった自分を、恋する男性に見せたくないのさ」

「だったら手紙のやりとりをしてみるとか」

「手紙は書いたんだよ。とくに父親が死んでから――この二年は、何度もね。愛の手紙だ。あなたに会いたい、昔の気持ちを思い出して――。でもジャンは一度たりとも返事をよこさなかった。たとえ婚約していたことがあったとはいえ、十年前に会ったきりの、没落した貴族の令嬢になんて興味がないってことだろうね」

「片思いってわけか」

「そうだね。片思いだ。十年もたっているから強烈だよ」

窓に映る自分の姿を見ながら、マイアは低い声でつぶやいた。

十歳から十年間待ち続け、十八歳から二年間、返事がないのに出す手紙。

そして自分をふりかえってくれなかった男に、別の女を仕立てて会いに行かせ、思い出に残りたい。

切ない願い、ともいえるけど。

「どうした？　あまり気が乗らないようだね、マイア？」

レヴィンはちょっと意外そうに、マイアに目を向けた。

「気が乗らないのは共感できないからよ」

マイアは正直に言った。

「どういう点が？」

「片思いの相手を追いかけるくらいなら、わたしなら新しい人をみつけるわ」

「貴族の令嬢だからね、なかなかそうもいかないのさ。エリノアにとっては、忘れられない思い出なんだよ。このことが解決するまでは、彼女の時間は止まっている。子どものままでね」

窓に映ったレヴィンは、前を向いたまま、まぶたにかかる髪を神経質そうにはらった。

「そういう思いをすくいとってやるのがぼくの事務所の――つまりきみの仕事だ。良心的な、いい仕事だろう。ジャンに、美しくなったエリノア・バークレイを見せつけてくれ。二年前の父親が死んだときには世話になった、ありがとう――と言ってね。一曲踊って、惚《ほ》れさせることができるならなおいい」

　マイアはふりかえった。

「惚れさせるって……好きにならせる、ってこと？」

　レヴィンは、マイアがこちらを見たので満足したらしい。にやりと笑った。

「そのとおり」

「恋愛って、そんな簡単なものじゃないでしょ」

「シンデレラを知らないのかい？　胸もとの大きく開いたドレスは媚薬《びやく》でね。だからこその舞踏会だ」

　それほどこのドレスの胸は開いてないけど――とマイアは言いたくなったが、やぶへびなので言うのをやめた。

　マイアには見せるほどの胸はない、悲しいことに。

「わたしはそういう柄《がら》じゃないわよ。恋愛は……そんなに得意じゃないし」

「そうだろうね。だからこそ、きみを選んだ。好きにならせることではなくて、せいいっぱい迫ってみることだ。彼をあきらめない。これが今日の、きみの仕事だ」

レヴィンはほほえんだ。

馬鹿にされているのか本当におかしかったのか、わからないようなほほえみだ。この笑い方はレヴィンの癖《くせ》らしい。

「少なくとも彼ときみの間には、ほかの女にはない思い出がある。父のことを思い出してください、と彼に言うといいよ。ジャンは死んだオーランドと仲がよかったんだよ。エリノアよりも。エリノアにとっても、父親の思い出はとても大事だ。彼が語りだすことに成功したら、報酬をはずもう」

「――つまりそれが、特殊業務？」

「今回のね」

「わかったわ」

週三ポンドは生活費。さらに五ポンドあれば、それなりのドレスが買える。

マイアが自分で持ってきたドレスには、ほとんどにつくろいのあとがある。

この半月、作法を習うためにクレセント事務所に通った。ヘイルはマイアの手持ちのドレスに呆れ、こんなものを着ていては貴族の娘になりきれないからといって、新しいドレスをいくつも作ってくれた。

新しいドレスはきれいだし、うれしくもあったのだが、仕事の一環である。急ごしらえなのでサイズが合わないものもある。なによりレヴィンに着せられている感じがして、心が浮き立たなかった。まるでメイドの制服のようである。

宿を引き払って事務所に住みこんでもかまわない、とも言われれのだが、それはやめておいた。まだ本当に信用できるのかどうかわからなかったからである。

ヘイルは一月分《ひとつき》の宿代を先払いしてくれた。

クレセント事務所は金払いがいい。

「彼の好みとかはどうなのかしら。しとやかな女性が好きとか、気の強い女性が好きとか」

マイアは言った。

二十八歳で、独身で、美貌《びぼう》で、若くして成功しつつある男なら、もてるに決まっている。それなりに戦略は必要である。

「こういう女性になりなさい、と言ったらできるのかい？」

「難しいけど。できるだけのことはするわ」

「仕事熱心なのはいいことだ、マイア。彼の好みといえば、ひとつだけ確かなものがある」

「なに？」

「ジャン・ウォートンは、人のものを欲しがる。自分よりも優秀な男のものを。上流階級やら、貴族やらといった肩書きが大好きで、その野心があったからここまで来た。つまりきみはすでに、彼の好みをひとつクリアしているというわけだ。ぼくの婚約者として彼の前に現れることでね」

マイアは呆れた。

「自信家ね」

容姿だけは自信に見合っている、ともいえるが。

ジャンが——容姿のよさでそこそこ優遇されてきたであろう男が、レヴィンにどれほどの対抗意識を燃やすかはわからないが、ただ現れるよりもほかの男のものとして現れたほうがいいということか。

万が一——ほんとうに万が一だけど、ジャンがエリノアに本気で恋してしまっても、レヴィンという恋人がいるから、という理由でふることもできる。

エリノアに代わってジャンと会い、彼にエリノアと、その父親について思い出させること。

そして、語らせる。

これが、わたしの仕事。

思っていたのとはぜんぜん違うけど、やるしかない。

「いい顔になってきたな、マイア。いい骨格だ。ぼくと仕事をするときには、骨に注目しなくてはならない。もちろん皮膚《ひふ》もいい。唇の紅《べに》をその色にして正解だった。ぼくは、きみのそういう顔が好きだな」

レヴィンは手をのばした。

黒い手袋をはめた大きな手で、マイアの頬に触れる。

マイアは馬車の中で、レヴィンと向き合った。

「骨格と皮膚ね。誉《ほ》められても嬉《うれ》しくないわ」

「最高の賛辞《さんじ》だよ。きみにも自信を持ってもらわなくては困るんだ。きみは美しい。自分でもそう思え。これは仕事だ。できるね？」

「わからないわ。こういうの初めてだもの」

「できると言いなさい。代わりに、せいいっぱい優しくしよう。ぼくはきみを守る。この仕事が終わるまで、ぼくはきみの恋人だ」

レヴィンはまだ、マイアの頬に触れている。

近い位置で、マイアを見つめる。

外はそろそろ暗くなりはじめているところだ。閉ざされた暗がりの中で、レヴィンの薄蒼の瞳がゆらりと光った。

恋人、ってなんなんだろうと思う。

アランは、きみはぼくの恋人だ、と言った。

そして、この人はぼくの婚約者だよ、と言って、ちょっとうしろめたそうに、あの女性の肩を抱いていた。マイアの顔をちらちらと見て、マイアが余計なことを言わないかどうか、様子をうかがいながら。

「できるわ。やるわよ」

マイアはレヴィンの手を避けて、そっぽを向いた。

レヴィンがマイアのうしろで吹き出すのがガラス窓に映って見える。

かつかつかつ……と馬車はすすむ。

乗り心地は最高だ。ヘイルは御者として優秀らしかった。

一軒の屋敷から灯《あか》りが漏《も》れ出てきているのが見える。そろそろ、本番なのだ。


「お名前は？」

「レヴィン・クレセント――ほかの名前を名乗るのは遠慮したい」

ウォートン邸に着くと、レヴィンはすらすらと言った。

舞踏会はもうはじまっている。受付にいるのは、従僕たちの中でも下っ端《ぱ》なのに違いない、童顔の男である。ずっと受付をしていたらしく、額《ひたい》に汗をかき、蝶《ちょう》ネクタイが曲がっている。

彼はレヴィンの顔を見て、どぎまぎしたように目をそらせ、招待客リストをめくった。

「招待客リストにはないようなのですが……」

「当然だろう。招待状を持ってないからね」

「ええと、上のものに聞いてまいります」

レヴィンは軽くため息をついた。

「面倒だな。今日は旅行でロンドンに来て、ホテルにたまたま滞在しているんだ。投資で有名になりつつあるウォートン家で舞踏会があると聞いて、気まぐれに来てみただけなんだが、許されないのならば仕方がない。出席できないのは残念だが」

レヴィンは不機嫌《ふきげん》さを隠さずに言い、きびすを返そうとする。

招待状を持っていなかったのか！　とはじめて知ってマイアは愕然《がくぜん》としたが、レヴィンが堂々としているので、つとめてつんと鼻をあげ、レヴィンに続いた。

あらためてみると、レヴィンが身につけているイヴニングコートは、ほかの男たちのものと違うように見える。マイアがつかんだ腕の先にあるカフスが、もしも本物のダイヤモンドなら、相当の大きさである。

ということは、わたしのしているこの首飾りとイヤリングも、本物なのかしら。

それにしては大きすぎるけど。

まわりの客――きらびやかなドレスを着た女性たちが、レヴィンに目をとめ、ついでのようにマイアに目を走らせて、ひそひそと何かをささやきあっている。

「お、お待ちください！」

従僕があわててレヴィンを呼びとめた。

レヴィンがぴたりと足をとめる。さわぎを聞きつけて、うしろのほうから年配の従僕がやってくるのが見えた。

「どうした」

「ベックスさま、この方が――」

若い従僕が説明した。

ベックスと呼ばれた従僕は、髪をぴったりとうしろになでつけている。黒髪の長身、こういったことにも慣れていそうな中年の男である。

ベックスが無礼にならないぎりぎりでこちらを見ると、レヴィンは慇懃《いんぎん》に礼をしてみせた。

ベックスはレヴィンを上からさっとながめた上で、向き直った。

「失礼いたしました。レヴィン・クレセントさま。どうぞこちらへお名前を」

レヴィンは差し出された紙にさらさらと名前を書いた。

住所は、コスモポリタンホテルとなっている。

そういえばレヴィンはどこに住んでいるのかしら、とマイアは思った。

この半月、マイアはヘイルから教育を受けるため事務所にひんぱんに出入りしていたが、いろいろ覚えるのに必死で、レヴィンが帰る先がどこなのかなんて知ろうともしなかった。

マイアは、レヴィンのことを何も知らないのだ。たぶん、エリノア・バークレイのことよりも。

「――招待状を持ってないとか聞いてないわ」

階段を昇り、やっと人が少なくなってくると、マイアは廊下《ろうか》を歩きながら、軽くレヴィンをにらんだ。

入ったことのない屋敷のはずなのに、レヴィンは迷いなく歩いている。

舞踏場はふたつあるらしかった。人は少ないとはいえ、あちこちでイヴニングドレスに身をつつんだ女性やエスコートする男性が歩いており、あまり派手にけんかをするわけにはいかない。

「きみの度胸試しのためにね。さっきの態度はなかなかよかったよ。おろおろされるのがいちばん困る」

「試すのはいいかげんにしてよ。怒るわよ」

「怒らせたかったのさ。男性は、ふきげんな女性のきげんをとりたくなるものだから」

「舞踏会に入れなかったらどうするつもりだったの」

「入れただろ。ぼく自身が招待状みたいなものだ。上級の貴族の家じゃこうはいかないだろうがね。ウォートン家にとってははじめての舞踏会だって言っただろう。これから上流階級に食い込みたがっている人間は、なにより評判を気にする。もちろん、どうしてもと言われたらぼくのほかの名前を明かしてもかまわないんだが、それはそれで面倒なことになるしね」

「貴族だから?」

「そうだね」

「ほかの名前って、どんな名前よ？」

「それはいまのきみには関係ないはずだよ、ハニー？」

本当に爵位をもってるなら、なんでこんな変な仕事しているのよ——。

と言いたいのはやまやまだが、いまはそれどころではなかった。

自分はマイアではなくて、エリノアだ、と自分に言い聞かせて、ドレスの裾《すそ》を踏まないように、背筋をのばして歩くだけでせいいっぱいである。

ウォートン邸は変則的な建物だった。外から見るとさほどでもなかったが、高い塀《へい》にかこまれた屋敷の外には、ぐるりととりまく庭がある。

第一舞踏場と、第二舞踏場の間は長い廊下でつながっている。第一舞踏場があるほうの屋敷は天井《てんじょう》が低く、小さくて、中心になっているのは第二舞踏場のようだ。

第二舞踏場までの廊下を歩くと、小さな窓の向こうに、ぽつぽつと季節はずれの花が咲いているのが見えた。ふたつの建物の狭間《はざま》にあるので、この庭には客は入れないらしい。

面目を保つ程度の手入れはしてあるが、よく見ると遠くのほうに雑草が生えている。

誰も見ないところには手を抜くにしても、ぎりぎり見えるんだからもっと手をかければいいのに。

調度品は、廊下のこちら側は明るいくるみ材、向こう側はどっしりとした樫《かし》だ。樫は古いものらしく、ところどころに傷がついていた。もちろん、両方ともぴかぴかに磨きあげられている。

　共通なのは、廊下にとりつけられた金の燭台《しょくだい》、そして若草色のじゅうたんだけだ。

　廊下の灯りが、どこかからの風に吹かれてゆらりと揺れた。

「変な屋敷ね」

　レヴィンの腕に手をからませて歩きながら、マイアは言った。

「変？　どこが？　きみが、ロンドンの屋敷に造詣《ぞうけい》が深いなんて思わなかったな」

「造詣なんかないわ。客用メイドをやってたって言ったでしょ。癖であちこち見ちゃうの。なんだかこの家、雰囲気《ふんいき》が二種類あるのよ」

「なかなかの観察眼だな。言っただろう。この屋敷は、ふたつの屋敷をくっつけたものなんだよ。玄関とこっち側の小さな家がウォートン家、廊下の向こうの屋敷がバークレイ家だ。——きみの目には、どっちが上だと映る？」

「バークレイ家。けっこう古いでしょ」

　マイアはためらわずに答えた。

　バークレイ家のほうが古いが、伝統がある屋敷だ。細かな調度品のひとつひとつは、何十年、下手《へた》したら何百年も前のものなのに違いない。

　新しいじゅうたんや燭台はどちらかといえばウォートン家の趣味に近い。バークレイ家の天井や壁はそのままで、無理やりとりつけたので、ややちぐはぐな感じになっている。

「そのとおり。バークレイ子爵家《ししゃくけ》代々の別邸だったみたいでね。ふたつの建物を廊下でくっつけたんだろうが、そもそもその考え自体が古い屋敷にそぐわない。持ち主がジャンになってから公開するのははじめてだが、きみはきょろきょろしないように。エリノアは二年前までバークレイ邸に住んでいたんだからね」

「もしも誰かに、細かいところをつっこまれたらどうするの」

「うまくごまかせ。それくらいできるだろう」

あのねえ——マイアは呆れた。

呆れるのにも慣れたような気もするが。

「ぼくは予定調和は好きじゃないんでね。細かい打ち合わせなんてものは、思ったとおりにいかなかったときに簡単に破綻《はたん》する。そして未来はけして思ったとおりには行かない。そもそも人というのは、物事が考えているのと違う方向へすすみはじめたときに、もっともその人間らしさが出るものだ」

まったく、勝手なことを言って——。

人間らしさを出すために仕事をするわけじゃないでしょうが。

招待状を持ってなかったことといい、わけのわからない求人と面接といい、レヴィンは意外と大雑把《おおざっぱ》である。

バークレイ家とウォートン家。

バークレイ家は伝統ある貴族で、ウォートン家はもとは庶民《しょみん》。

ジャンの父親は軍人で、優秀さをかわれて出世し、戦友の誰かからロンドンの屋敷をもらいうけたらしい。おそらくジャン同様、野心にあふれた男だったのだろう。

貴族であるバークレイ家の主人が破産しかけて亡くなったのを、となりのウォートン家のジャンが助けて、それから――父を亡くした娘は、もとは自分の屋敷だった場所で行われる派手な舞踏会に、貴族の男とともに乗り込む。

仲のよかった隣人同士の家。格の違う貴族と庶民だったのに、いまは逆転して、すべてウォートン家のものになっている。

――ジャン・ウォートンは、人のものを欲しがるのさ。とくに、自分よりも優秀な男のものをね。

ふっとおかしな感じがする――なにかが頭にちらついたが、それは、第二舞踏場の扉が開いたとたん、霧散《むさん》した。

標的発見。

ジャン・ウォートン。

マイアは人の顔を覚えるのは得意である。特技、といってもいい。だから、若くして客用メイドになれたのだ。

彼は十年前――十八歳のときから、それほど変わってはいなかった。役者のような美貌の男。天使のような金髪と、青の瞳。ごつごつしたところのない顔立ちが、成長せずにそのまま二十八歳になった感じだ。

舞踏会の主催者は、花びんに挿《さ》した花について、低い声でベックスに文句を言っている。神経質そうな、癇《かん》の強い表情が、ゆったりと流れるワルツに合っていなくて変な感じである。

ジャンはマイアとレヴィンに目をやり、ゆっくりと金のまつ毛にふちどられた目をすがめた。

3　薔薇とワルツと愛しい人

彼が舞踏場にあらわれたとき、ジャンは、変な男だな、と思った。

まるで亡霊のようだ。

黒髪で、背が高い。瞳《ひとみ》は澄んだ蒼である。よくよく見れば、どこの俳優か――顔だけなら女優かと思えるほどに整った顔立ちをしているが、黒ずくめなうえ目立たない（しかし仕立てはおそろしくよさそうな）コートのせいか、気配をさせない男である。

外国人だろうか。

黒髪だ。金髪でないのが惜しい。

金髪ならもっと目立っただろうし、女性も放っておかないだろうに。

せっかく長身瘦軀《そうく》に生まれついたというのに黒髪なんて、もったいないことだ。

亡霊のようだ――などと。変なことを考えてしまった。

彼は、ジャンに向かってにこりとほほえんだ。

ジャンはちらりと庭に面した窓ガラスに目をやった。

自分が完璧なのを確認してから、彼に向かってほほえみ返す。

ジャンは幼いころから、この金髪を誉《ほ》められてきたのだ。

完璧な金髪と青の瞳《ひとみ》は、ジャンの自慢だ。昔から女の子のように美しい、まるでどこかの王族か貴族のようだ、と言われつづけている。父ほど背が低くなく、ちょっと靴に詰め物をすれば長身で通るので、少なくとも容姿の面では上流階級で引け目を感じることはない。

ジャンはこの体型と顔を維持するため食べ物に気をつかい、髪をひんぱんに洗い、女性用の真珠《しんじゅ》の粉まで使っているのだ。

二十八歳になったいま、さすがに女の子のようだ、とは言われなくなってきたが、素敵ね、と女性に言われるのは日常である。

舞踏場にはゆったりとしたワルツが流れている。

ジャンはこの日のために、ロンドンでいちばん評判のいい楽団を呼んだのだった。

あの男は、ちょっと冷たいような、なまめかしいヴァイオリンの音と合っている。

自分はどうだろうか――と、ジャンはやや神経質に、ふたたび窓ガラスに目をやる。

まわりは、ジャンをきちんと上流階級の人間だと思っているだろうか。

父親が爵位《しゃくい》をもらえなかったのが、いまさらながら腹立たしい、とジャンは思った。

せっかく軍隊に入って、それなりに評価されたのだから、死とひきかえに何か勲功《くんこう》をたてて、一時的な爵位でももらえばよかったのだ。いくら勇敢《ゆうかん》であっても、生きながらえて事故で死ぬとか、何も自慢にならない。

もっとも、父が戦友からこの家を譲りうけることができたのは、友人とともに死地をくぐりぬけてきたからだが。

父はただの軍人だった。たまたま運よく手に入れた屋敷の隣の家が、バークレイ家——伝統的な貴族の末裔《まつえい》であったこと、そして、自分のような息子に恵まれたことだけが彼の幸運だ。

一曲めのワルツが終わり、休む間もなく二曲めが始まった。

亡霊のような黒髪の男は、踊るつもりはないようだった。エスコートしている若い女性とともに、壁際《かべぎわ》に立っている。

「——ジャンさま、では、薔薇《ばら》はどういたしましょうか。いまからほかの花の手配をするのは難しいですし、そうなると舞踏場に花がないことになります」

ジャンの目の前のベックスは早口で話している。

ジャンはさっき、ベックスを呼び止めて、今日の第二舞踏会場には薔薇が多すぎる、と言っていたところだったのである。

薔薇は美しいが平凡だから、ウォートン家の舞踏会にはふさわしくない、と。

実際、ジャンは屋敷をバークレイ家とつなげて改築したとき、ウォートン家の小さな薔薇園を封鎖《ふうさ》している。

「赤い薔薇はぼくはきらいだ。あれだけは撤去《てっきょ》しろ。ほかのはいい」

「かしこまりました」

「ベックス、あの男は誰だ」

ジャンはベックスに体をよせ、小さな声でささやいた。

「レヴィン——クレセントさま、とおっしゃる方でございます。招待はしておりませんが、おそらくそれなりの名前の通った方と思います」

ベックスは言った。

ベックスはジャンの父親の代から仕《つか》える使用人である。どこかの貴族の家から高給で引き抜いてきた男だ。相手の名前がわからなくても、面と向かえばどんな階級の人間なのか、魔法のように見抜く。

「招待状がないのに入れたのか?」

ジャンが言うと、ベックスは低い声で答えた。

「名前は偽名《ぎめい》かもしれません。万が一、彼がどこかの王子であった場合を考えますと、おひきとり願うことはできませんでした」

「——それくらいわかってる」

ジャンはやや気まずくなって、横を向いた。

ベックスの声はあきれているようでもある。こういうときは、上流階級の常識をわかっていない、と言われているようで、いい気持ちはしない。

「となりにいる女は？」

「存じません。慣れてはいらっしゃらない。市井《しせい》の方でございましょう。もしや――まさかと思いますが、メイドなのかもしれません。そうなるとレヴィンさまはかなり、気まぐれな方ということになりますね」

メイド、と聞いてジャンは鼻で笑った。

「貴族のパートナーがメイドということはないだろう」

「もちろんそうだとは思いますが」

「どちらにしろアンジェリカのほうが上だな」

「まことに、さようで」

ジャンは最近、仲良くなりはじめている貴族の女性を思い浮かべた。

愛《いと》しいアンジェリカ・リー。謎めいた長身の美女で、ジャンにとっては勲章《くんしょう》のような女である。

ドレスや貴金属を見ると金はありそうだし、地方の名門の一家で、リー家というのがあるのは確かであるが、アンジェリカは肝心《かんじん》なことを教えてくれない。

アンジェリカはジャンを焦《じ》らしている。父親と会うのは、おそらく、結婚の約束とひきかえにということなのだろう。

ベックスは、アンジェリカさまは少なくとも労働者ではない、と言った。貴族であることは事実でしょう。どれほどの方なのかはわかりませんが。

いまのジャンが欲しいのは、金よりも身分のほうである。アンジェリカの親戚《しんせき》になって、どうにかして爵位が手に入りそうなら、結婚してもいいと思っている。

爵位——と思ったところで、ふっと頭に別の人間の顔が浮かんだ。

オーランド・バークレイ……。

オーランドがジャンの言うことを聞いて、祖父から爵位を奪っていればよかったのに、と、ジャンは哀《あわ》れみをこめて思った。

そうすれば、ジャンは彼を助けて、約束どおり彼の娘と結婚してやった。彼は死なないですんだ。

今日の舞踏会は、バークレイ子爵家《ししゃくけ》とウォートン家の合同のものとなっていただろう。

——彼の娘のことは頭が痛いが。

ジャンはついでに、オーランドの娘、エリノアのことを思い出す。

ずっと入院していたくせに、あんなにしつこい手紙を送ってくるとは思わなかった。

書いてある内容はやっかいだが、手紙以外には行動を起こさないということは、それだけ好きということなのだろう。

まあ、放っておけばいい。どちらにしろ、いまは考えることではない。

ジャンはいやなことを頭から追い出して、レヴィンのほうへ足を向けた。

彼のほうからこちらへ近づいてこないのだから仕方がない。

レヴィン・クレセントのパートナー――エスコートしている女性のほうが、はっとしたようにこちらに顔を向ける。

彼女は、平凡な女だ。まあまあの美人――若い女性としてはかわいい部類に入るのだろうが、アンジェリカには及ばない。ただ、不思議な虹彩《こうさい》をもった黒い瞳が、きらきらと輝いているのが目をひくだけだ。まるで初恋の男と再会するときみたいに。

自分に見とれているらしい、と思うと悪い気はしない。

ジャンには、女性に迫られた経験は数多くある。学生時代は、話したこともない女性に、遠くから見て恋されたこともある。

彼女にはまったく興味はないが、レヴィンのような男のパートナーが、自分に好意を持つというのは実に気持ちがいい。


「ええと――あなたは……」

ジャンがレヴィンに近寄ってくるのを、マイアはレヴィンの少しうしろに控えてながめていた。

けっこう警戒心が強いのね、とマイアは思った。

ジャンはついさっき、レヴィンが見ていないすきにさりげなく使用人に耳うちして、話を聞いていたのである。おそらく、あの男は誰だ、とかなんとか。

たぶん、ジャンが気にしているのはレヴィンで、わたしのことはどうでもいいんだろう。だからこそ、わたしが自分を観察しているなんて、思ってもみない。

どうやらジャン・ウォートンは、成功した男によくある、女に何かを考える頭があるなんて思ってもみないタイプらしい。

さらさらした金の髪に、少年のような笑顔。青い――澄んだ青、というには少し濁《にご》っているけど――瞳。役者のような長身に、長い足。

写真の中の美少年が十歳年をとった姿だが、二十八歳には見えない。年配の女性なら、かわいらしい、と言うかもしれない。

少なくとも、レヴィンのような得体《えたい》の知れなさはない。レヴィンとジャンを比べたら、ジャンのほうがまとも。

曲と曲の合間に、まわりの女性たちは、主催者と話すレヴィンに目をやりはじめていた。遠巻きに見て、ひそひそと何かをささやいている。ジャンはそのことに気づいたらしい。少しだけ不快そうに、肩をそびやかす。

レヴィンはそんなことを気にもしていなかった。絵に描いたようなほほえみを浮かべ、ジャンに手を差し出す。

「ぼくはレヴィン・クレセント。おうわさはかねがね。招待客リストには入っていなかったようだが、ウォートン家が今年はじめての舞踏会を開くと聞けば、参加しないわけにはいかないと思いましてね。ご迷惑でしたか？」

「いえ、とんでもない」

ジャンは屈託《くったく》ない笑顔で、レヴィンの手を握った。

「ぼくのうわさというと、どこでかな。最近は新聞にも載《の》ってないはずだけど」

ジャンはレヴィンに尋《たず》ねた。

ジャンとレヴィンが並ぶと、対照的である。

金と黒。昼と夜。太陽と月。

背はレヴィンのほうが少し高い。

「新聞には載らなくても、あちこちのサロンに顔を出していればわかりますよ。投資で成功するのは商才がある証拠だ。お近づきになりたいという人間は多いでしょう。かくいうぼくもそのうちのひとりです」

レヴィンがジャンを誉めると、ジャンは得意げに謙遜《けんそん》した。

「ぼくはただ、運がよかっただけですよ」

「いや、運だけではここまで来るのは不可能だ。とくにあの株。ベッドソン鉄道――あれは最初、何もない田舎《いなか》を走る列車で、株を買うのは貴族の慈善《じぜん》事業だって言われていたくらいでした。あの鉄道株が上がることを、あなたはもちろん見越していたんでしょうね？」

「――運がよかったんですよ。あなたも投資にご興味が？」

「もちろん。といってもぼくが持っている主《おも》な資産は海外ですが」

ベッドソンといえば、マイアの故郷である。

数年前にロンドンまでの鉄道が通ったので、故郷は一気に豊かになり、そのどさくさでマイアはロンドンにメイドとして働きに出たわけだが――あの鉄道の株を、ジャンが持っていたとは知らなかった。

マイアは、わたくしもあれに乗ったことがあるわ、と会話に参加すべきかどうか迷い、エリノアはロンドン育ちであることを思い出して黙った。

いまは、ジャンをしばらく観察していよう。

好きな男性でもなんでもなければ、いっそ辛辣《しんらつ》になれる。

エリノアは体が弱い、深窓《しんそう》の令嬢だったみたいだし。ずうずうしくしてはいけない。

レヴィンが話している間は、わたしからは口を出さないほうがいい。

ジャンはマイアに目を移さなかった。

わたしがエリノアだ、と名乗るまえに、ジャンに、どこかで見たことがあるような？　といったような表情が浮かぶかもしれないと思ったが、心当たりはないようだ。

会ったことがないのだからあたりまえである。

「――海外。鉱山ですか」

ジャンの目が、一瞬鋭くなる。すばやくレヴィンのカフス、そしてマイアの首飾りに目を走らせる。

ジャンはたぶん、レヴィンから離れたら大急ぎでレヴィンがどんな貴族か王族か調べはじめるのだろう、とマイアは思った。

そして、さらに混乱するのだ。単に紳士録に載ってないからといって追い出すには、レヴィンは美貌《びぼう》すぎ、上品すぎる。

ジャン・ウォートン。この金髪の青年のことを、わたしはあまり好きじゃないようだ、とマイアは思った。エリノアには悪いけど。

もしも自分がまだ、ブランストン家の客用メイドで、はじめてのお客さまにお茶を出したあと奥さまに、あの方たちについてどう思って？　正直に聞かせてちょうだい、と尋ねられたら、こう答える。

――レヴィン・クレセントさまは素敵な方です。容姿も端麗《たんれい》。しかし、近寄らないほうが賢明ですわ。あの人には人を試す妙な癖《くせ》があります。なにより、女が油断ならないものだと知っているんです。利口な証拠です。いったん味方になったら信用はできると思いますけど、味方であるかどうか、ということを見極めるのが難しいのです。

――ジャン・ウォートンさまは謙虚《けんきょ》に見えますが、自惚《うぬぼ》れの強い方です。さりげなさも足りません。きっと、相手によって態度を変えるのでしょう。貴族に対してはていねいに、そして、さほど美しくない女性に対しては図々しく胸もとをながめて。そして、そこにあるのが本物のダイヤかもしれない、と思ったとたんに、顔を輝かせるのです。彼は女性ではなくて、女性にまつわるほかのものを愛するのですわ。

マイアはこう見えて、奥さま――ブランストン家の女主人からの信頼は厚かったのだ……。

「――この方は？」

そして、ジャンはいま気づいたかのようにレヴィンに尋ねた。

マイアは表情を作り直す。

にこやかに――ではなくて、ややぎこちなく。恋していた男性に久しぶりに会って、緊張している乙女のように。

「――ああ」

レヴィンはうっすらと笑った。

「紹介しますよ。彼女はぼくの恋人です。名前は――」

「――ジャン？　何を話しているの？」

やっとわたしの出番。マイアが緊張したような、ほっとしたような気持ちで覚悟を決めているとき、女の声が割って入った。

マイアはさりげなくふりかえる。

マイアのうしろ、ジャンとレヴィンにとってちょうど真向かいにあたる場所から、長身の美女が、新しいピンク色の飲み物を手にして、絶妙な間《ま》でもって、声をかけたのである。まるで、マイアの自己紹介をさえぎるように。


上流階級の人間というのは、みんなこんな感じなのかしら、とマイアは思った。

美女だが、どこかで見たような感じである。

青のドレスは、ほっそりとした体にぴったりと合っていた。金髪はゆるく結い、挿《さ》した青の花が、長身を際立《きわだ》たせている。

金色がかった大きな黒い瞳と、濡《ぬ》れたルビーのような赤い唇《くちびる》が、灯《あか》りに照らされてつややかに光った。

女はすべるように、ふたりのもとへ向かってきていた。

「──アンジェリカ」

ジャンの相好《そうごう》が崩れた。

アンジェリカと呼ばれた女性は、グラスを持ったまま、ほほえみながらジャンに近寄った。

「いつ来たんだ、アンジェリカ?」

ジャンはやや自慢げに、アンジェリカを抱き寄せた。

アンジェリカはほほえんだ。

「さっきよ。目立つのがいやだから遅れてきたの。あなたがほかの方をパートナーにして踊るのを見たくなかったのよ」

アンジェリカの青いドレスの胸もとは大きくあいていて、胸の半分ほどまで見えそうである。どう考えてもマイアよりも大人っぽく、洗練されている。

自己紹介の出鼻をくじかれたマイアは、名乗るべきか迷う。

マイアは、ジャンに美人の恋人がいるなんて話は聞いてなかったのである。予定と違う。

どうすべきか判断できなくてレヴィンを見上げてみたが、レヴィンはほほえんだまま、じっとふたりを見ているきりである。

「ジャン、紹介して。とても素敵な方ね」

アンジェリカが言った。

レヴィンはうっすらと笑い、手を差し出した。

「レヴィンです。レヴィン・クレセント――お美しい。婚約者ですか？　ミスター・ウォートン？」

「いや、まだ婚約まではしていないんだが」

「でも愛はありますの」

アンジェリカはいたずらっぽく、ジャンの腕に手をからませた。

ジャンが隠し切れない得意そうな表情になる。

勝った、って思ってるってことね――。

マイアはこっそりと心の中でつぶやいた。

ジャンもアンジェリカも、わたしがアンジェリカに容色で劣ることを知っている。

レヴィンはきっと、ジャンに恋人がいることを知っていたんだわ。

本物のエリノアの代わりに、わたしをここによこした理由は、これだったのかしら、とマイアは思った。

エリノアは失恋に耐えられないかもしれないけど、わたしは平気だから。ちゃんと失恋して、前を向けるように。

「こちらは？　とてもかわいらしい方だわ」

アンジェリカは無邪気ともいえるようなにこやかな声で、マイアに言った。

音楽は速めのポルカになり、会場全体が浮き立つようだった。まわりの人間はそろそろ、ジャンやレヴィンに注目しなくなっている。

ただひとり、使用人のベックスが、気配をさせずにこちらを見ていた。

「ぼくの恋人ですよ。こう見えて貴族の女性です」

レヴィンが言った。

「――貴族。ほう」

ジャンの肩が、ぴくりと動いた。はじめてマイアに気づいたかのように目をやる。

「どちらの？　社交界では見たことのない方だが。デビューは？」

「デビューはしたんですけど、わたくし、いろんな事情があって、社交を控えていたんです。舞踏会も今日が初めてなの、ジャン」

マイアはジャンを呼び捨てにした。

レヴィンがにこやかにひきつぐ。

「実は今日の舞踏会も、彼女からせがまれたものだったんですよ。彼女はずっとあなたに憧《あこが》れていたそうです。でも、ひとりでは入れないのでね。ぼくが彼女の懇願《こんがん》に負けて、無理やり来たのです」

「憧れられるなんて光栄だな。どうりで見たことのない顔だと思いましたよ。事情というと、いったいなんですか？」

「病気だったのですよ。二年ほど前から、ロンドンの屋敷で臥《ふ》せっていて」

「ほう——二年」

「こんなにかわいらしいが、こう見えて二十歳《はたち》でね。ここに来るのもはじめてじゃないんですよ。彼女にとってはとても思い出深い場所らしい」

ジャンは少し、妙な顔になった。

エリノアの存在を思い出したのかもしれない。

この機会を逃すわけにはいかなかった。マイアはなるべく可憐《かれん》な笑顔を作りながら、ジャンを見上げる。

「わたくしの名前は――エリノアです。エリノア・バークレイ。ジャン。昔、あなたの婚約者だったわ。お手紙もたくさん書きました。覚えていて？　わたくし、今日、あなたにお会いできることをとても楽しみにしていたの。それで、レヴィンさまに頼み込んでここへ来たのですわ」

パートナーはいるけれど形ばかりで、わたくしはまだ、あなたへの気持ちが薄れたわけではないのだ――と、いう気持ちをこめて、マイアは言った。

アンジェリカが寄ってきたときの得意そうな態度といい、ジャンがマイアの見立てたとおりの自意識過剰《かじょう》な男なら、レヴィンの婚約者が自分にまんざらでもない、というのが嬉しくないわけがない。

「婚約者？　どういうことなの、あなた」

アンジェリカが言った。

「言葉通りですわ。もちろん、子どものころのですけど。ねえ、ジャン――」

「――知らないな」

マイアがはにかみながら言うのをさえぎるようにして、ジャンは言った。

そしてジャンは横を向き、となりにいたアンジェリカを押しのけるようにして、きびすを返した。

「名前は覚えているけど、ここで話すことは何もない。ぼくは、ちょっと用事を思い出した。知らない人間の相手をしている暇《ひま》はないんだ。行きますよ」

「え……ジャン、どこに行くの？」

アンジェリカがびっくりしたように瞳をまばたかせる。

どういうこと？

マイアはレヴィンを見たが、レヴィンは平静な表情でグラスの水を飲んでいる。

マイアは戸惑《とまど》った。

——どうやらジャンは、エリノアを忘れていたわけではないらしい。

それどころか、逃げ出した。——エリノアの名前を聞いて。

どうするべきかわからなくてマイアが立ち往生《おうじょう》していると、低くレヴィンが命じる声が聞こえた。

「追いかけろ、マイア。きみの役目だ。十年ぶりに会った幼なじみに迫って、愛の言葉をささやき、過去をよみがえらせろ。注目されてもかまわない。存分にやれ」

よくわからないけど——。

マイアはドレスをつかんだ。

会場のむこうにジャンが消えていく。いま追いかけないと、いなくなってしまう。

舞踏会なんかでは、追う女と逃げる男は珍しくないはずだ。

マイアが淡いピンク色のドレスをひるがえして、そっとレヴィンの横をすりぬけようとしたとき、ふっとアンジェリカが体を寄せてきた。

「――ジャンは自分のお部屋に行くはずよ、エリノアさま」

とっさに身構えるマイアに体を寄せて、アンジェリカはささやいた。

マイアはアンジェリカを見つめた。

アンジェリカは冷静だった。ジャンの恋人のはずなのに。

「どこ?」

「階段を上がったつきあたり。もとはオーランド・バークレイ氏の部屋よ」

アンジェリカはすらすらと答えた。

「お待ちくださいな、ジャンさま!」

マイアはうなずき、覚悟を決めると、高い声を出してジャンを追った。


これは、ふいうちだった、とジャンは思った。

心構えができていなかった。まさか、こんなところで会うなんて思ってもみなかった。

ジャンは念入りに計画をたてるのは得意だが、ふいうちには強くないのだ。

第二舞踏場から早足で遠ざかりながら、ジャンはめまぐるしく考えた。

こういうときには、焦《あせ》ってはいけない。

他人《ひと》は敵、社交場は戦場である。

負ける戦いをするな。こっちが不利になりそうになったら、いったん撤退して立て直せ——。

それはジャンの父、ビルの信条である。

速めのポルカに合わせて歩くと、急いでいるように見えないのがさいわいだ。

廊下《ろうか》を歩いていくジャンを見て、あ、と声をあげて親しげに近寄ってくる老婦人がいる。主催者なのだからあたりまえである。

ジャンは老婦人に気づかないふりをして、誰もいない階段を昇った。

エリノア——エリノア・バークレイ——。

オーランド・バークレイのひとり娘である。

まさか彼女が、舞踏会に現れるとは思わなかった。

一時は——ジャンの学生時代には、内々に婚約させてくれと頼んだこともある娘だ。

そのときはまだ、エリノアは子どもだったけれども。

美人じゃない、貴族らしくもない、正直、オーランド・バークレイの娘じゃなければ婚約なんて考えてもみなかった、垢抜《あかぬ》けない少女。

貴族の親戚になるには、その娘と結婚するのがいちばん手っ取り早い方法だったから、そのときには仕方なかった。

そのときジャンは自分の父親がオーランドと友人だったこと、そしてオーランドに、おとなしくて、男とはまともに口をきけそうにもない娘がいたことを感謝したものだった。

オーランドのものを手に入れるのには、親戚になることにこだわらなければ、もっと手っ取り早い方法があったわけで——それに気づいたのはずっと後だったが、エリノアが、オーランドが死んだあともしつこく追っかけてくるとは思わなかった。

あのしつこい手紙。

エリノアからの手紙のことを思うと、頭が痛かった。

二年前からはじまった。最初は一カ月に一度だった。

それが二度になり、一週間に一度になり、いまでは二度、そして毎日——。このごろはとっておくようにしたが、最初は、来たらすぐに焼き捨てていた。

ベックスなどは最近になって、ご迷惑なら、もう出すなとお返事を書いてさしあげればよろしいのでは、などと言いだした。

バークレイ家とは浅からぬ縁があるとお聞きしました。このお屋敷は、もともとバークレイ家のものですし、賭けに勝ったとはいえ、ベッドソン鉄道株はオーランドさまの才覚で手に入れたものだったのでしょう。バークレイ家のご令嬢に対する仕打ちとしては、紳士らしくないのではありませんか——。

そう言われたのはずいぶん前だったが、ジャンは古くさい使用人根性に腹をたてたものだった。

ベックスなどにわかるわけがない。

うっとうしい反面、あの手紙は必要でもあるのだ。

エリノアから手紙が来ることで、ジャンは、エリノアがまだ自分を好きなこと、そして、大事なことを母親以外の誰にも言わないでいる、ということがわかるのである。

それに、エリノアは一時、ジャンからの手紙に返事をよこさなかったことがあるのだ。あのときは怒りを覚えたが、事情が変わって、今度は女のほうから手紙が届き、自分が無視してやるのは気持ちのいいものである。

様子が変わったら返事を出す必要もあるかもしれないが、いまはその時期ではない。

――紳士らしい、というのは頭が悪いということと同義だ……。

ジャンは昔から、頭の悪い男が嫌いだった。

紳士らしくしていたら、今日《こんにち》のジャン・ウォートンはありえない。

だがもちろん、ベックスにそんなことを言うわけにはいかない。ジャンはベックスの、知らない人間の肩書きをあてる、という特技を重宝《ちょうほう》しているのである。ベックスがジャンのために働くのは、ジャンが紳士だと思っているからである。

そのベックスも、エリノアの正体には気づかず、ジャンに報告もせずに舞踏会に入れたばかりか、メイドだとかなんとか言っていたわけだが——。

——メイド……。

階段を上がり、音楽が小さくなっていくにつれ、少し冷静になってきた。

自分の部屋に入り、ぱたんと扉を閉じる。

この部屋の扉は頑丈である。入ってしまえば音楽は聴こえない。いまが舞踏会の最中であることが嘘《うそ》のように、しんとしている。

ジャンの部屋はもとはオーランドの書斎だった。片方の壁にはぎっしりと本のつまった書棚、そして中央には黒のピアノがある。

ジャンはピアノと書棚にほれぼれと目をやりながら、書斎机の古い椅子《いす》をひき、腰をかけた。

ベックスなどは、死んだオーランドの書斎をそのまま自分の部屋にするのは悪趣味なのでは、と言ったりもするのだが、知ったことではない。

ジャンは昔から、オーランドの部屋に憧れていたのだ。

自分の父親の部屋には本棚やピアノはなく、父は本などよりも、着古した軍服、古い銃、血の染《し》みのある地図のほうを大切にしていた。酒を飲みながら昔の話ばかりする父を、ジャンは心の底から軽蔑《けいべつ》していたものだ。

——エリノアはついに、手紙だけでは飽《あ》き足らずに、会いに来たのか。

いまは落ち着かなければ。落ち着いて、状況を分析《ぶんせき》しよう。

机の上で両手を組み合わせながら、ジャンは考える。

エリノアの手紙は、妙だった。常軌《じょうき》を逸《いっ》していた。

わたくしから父を奪ったのはあなたです、とあったかと思えば、わたくしとあなたは婚約者です。父との間で結婚の約束があったはず、と書いてあったり、愛している、会いたい、と書いてあるかと思えば、憎い、あなたの死を願っている、とあったり——。

どちらかといえば二年間の最初のほう、オーランドが死んで、錯乱《さくらん》状態にあったときの手紙は憎しみが激しく、愛しているという言葉が混じりはじめたのは最近である。

ジャンは書斎机のうえにひじをつくと、愛とは迷惑なものだ、と、愛されている人間の優越をもって嘆息《たんそく》した。

そもそも婚約を申し込んだのだって、オーランドのような父が欲しかったからであって、エリノアと結婚したいわけではなかった。

オーランドの残したものがジャンのものになった今、エリノアなどになんの価値もないというのに。

ジャンは引き出しを開けた。

どこかにふたりで撮った写真と手紙があったはずである。

エリノアの顔などは興味もないが、自分の写真を捨てたことはない。

ジャンは昔から女の子のようだと言われて、しょっちゅう写真を撮らされていた。

たくさんの写真や手紙のなかから、エリノアのものを探したが、見つからなかった。ジャンは十八歳だった。

写真を撮《と》ったのは十歳か。エリノアは丸顔で、恥ずかしがりの女の子だった。

いちおう婚約したので、帰ってくるたびにあいさつはしたが、それ以外には会わなかったはずだ。

デビュー前に男性と会うのはよくない、というジャニーン・バークレイ夫人の方針と、どうやらエリノアが、しばらく会わないうちに自分に恋心を募《つの》らせている、ということがわかったからである。

そういうときは、会ってやらないほうが好意が長続きするのではあるまいか。エリノアのような娘は。

いつかジャン・ウォートンと結婚できるのだ、という夢を見させてやって、いちばんいいときに会ってやれば、エリノアはジャンの思うままになる。

ジャンは自分の容姿に自信を持っていたし、大学に入ってからは事業の案を練り始めて忙しく、ほかの、もっと条件のいい女性と知り合えるならそっちに乗り換えようとする心積もりもあって、意識してエリノアに深入りしないようにすることにした。

もちろんたまに写真を送ったり、あなたに会いたいが、ぼくには夢があって、夢の実現を果たすまでは恥ずかしくて会えない、などという手紙を書いたりはしていたが、それも、彼女の心を離さないための、保険のようなものである。

エリノアはそれからずっと、そしておそらくオーランドが死んでからも、自分に恋心を募らせていたはずである。

さもなければ、いろいろとつじつまが合わない。

しかし……さっきの女は、エリノアと似ているが、違うような気もする。

ジャンはぼんやりとした記憶を確かめる。

二年前にオーランドが死に、エリノアが手紙をよこすようになってから、ジャンはエリノアの母親、ジャニーン（下の名前は再婚して変わったはずだが、思い出せない）にこっそりと探りを入れた。

そのときはジャニーンから、エリノアは部屋に閉じこもっていて誰にも顔を見せない、わたしは娘が何を言っても妄想《もうそう》だと思っているし、警察なんて絶対に行かせないから、あなたも気にしないでください、と、ていねいに言われたものである。

回復して部屋から出られるようになったら、いつでもお見舞いに行くので連絡をくれ、とはもちろん言っておいたのだが。

ジャニーンは自分に好意をもっていたので、連絡をくれないはずはない。ジャンはもともと、年配の女性に好かれるたちだし、ジャニーンはひとり息子――エリノアの兄を亡くして以来、自分を息子のように思っているのである。再婚するときにたっぷりの祝い金をやったので、ジヤニーンはジャンに感謝している。

――もしかして、あの女は、エリノアではないのではないか……。

そもそも、エリノアの顔はよくある顔なのだ。ほかにも似ている顔の女がいる。

写真は出てこなかった。このうえは探すのも面倒だ。

エリノアはなにも知らないし、知っていたところで動けるような人間ではないし、動いたとしたら、ジャニーンが連絡をくれるはずである。

だから放っておいていい。

この二年、手紙を確認するたびに思っていたことではないか――。

あれこれと考えると、やっと落ち着いてきた。ジャンは煙草《たばこ》を取り出し、火をつける。

「――ジャンさま」

そのとき扉が叩《たた》かれた。

ベックスである。ジャンはほっとし、煙草を消して、扉を開けた。

「急にどうされました、ジャンさま。まだ舞踏会は続いております」

「それくらい知ってる」

またベックスは俺を責めるのか、とジャンは不快になりかけたが、ふと気づいて部屋に招き入れた。

「ベックス、おまえに聞きたいことがある」

ベックスは表情を変えずに中に入ってくる。

廊下の灯りが、暗い部屋の中に一条の光となって射《さ》した。

「なんでございましょうか」

「あの女――レヴィンのパートナーの女のことだ。おまえは彼女をメイドと言ったな」

「申し上げました」

「それは本当か？」

ジャンは尋ねた。

ベックスはジャンをじっと見つめる。

ベックスの黒い瞳は、どこか哀《かな》しげでもあった。


マイアは階段を昇りながら、考えていた。

ジャンがエリノアから逃げたのはなぜか。

ふたりの間には、エリノアが昔の婚約者に焦《こ》がれて手紙を出し、追いかけていたというだけではない、何かがあるらしい。

レヴィンも最初から含みのあるような言い方をしていた。

ジャンはエリノアにひどい仕打ちをしたのかしら。手紙を無視しただけではなくて。

それとも逆？　エリノアがジャンにひどい仕打ちをした？

どちらにしろ、確かなことはひとつある。

ジャンは、エリノアを好きではないのだ。

いや——うがった見方をすれば、怯《おび》えているようにも見えた。

面倒くさい、迷惑だ——こんなところに出てくるな。

アランが婚約者と一緒にいて、わたしとたまたま出くわしたときに、浮かべた表情にそっくり。冷静を装っているけど、内心ではびくびくして、わたしが本当のことを——アランに言い寄られて、ふたりで出かけて、指輪まで贈られたことを、暴露《ばくろ》しないかどうか怯えていた。

わたしはジャンに会って、どうすればいいのかしら、とマイアは考えた。

レヴィンは、彼に昔を思い出させろ、語らせろ、と言っただけだ。ジャンに会ってなにをするべきか、ということは、すべてマイアの裁量《さいりよう》に任《まか》されている。

——問題は、わたしが、彼に語らせるべきものがなんなのか、知らないということだわ。

早足で歩いていくと、ジャンの部屋の前まで来た。

マイアはため息をひとつつくと、顔をあげ、扉を叩く。

「ジャンさま。入りますわ」

ノックの答えを待たずに、扉を開く。

ジャンは部屋の中で立っている。

部屋にはカーテンが引かれていなかった。窓からは月の光が射し込み、書斎机の上にあるランプの灯りが、ぼんやりとあたりを照らし出している。

部屋の片側に、本がぎっしりと詰まった書棚があるのが見えた。

借りものみたいな部屋、とマイアは思った。ジャンの部屋らしくない。

ジャンだったら、もっと別の感じの部屋のほうが似合うように思う。たとえば、片面に鏡、片面に金庫、そして、どこかから集めた高価な芸術品が、これみよがしに、でもなんの統一性もなく飾ってあるような。

「エリノア――」

「覚えていてくださったのね。ジャンさま」

マイアはにっこりと笑った。

「わたくしはエリノア・バークレイ。バークレイ家のひとり娘よ。昔はおとうさまと一緒に、よく遊んだものですわね。ええと――最後に会ったのは、十年も前かしら。ずっと会いたかったのに、手紙も書いていたのに、あなたは会ってくださらなかったわね」

マイアはまえもって練習していたとおりにすらすらと言った。

「――エリノアのことは覚えていますよ」

ジャンは、ゆっくりと言った。

警戒しているようだが、さっきよりは落ち着いている。

「本当に？　うれしいわ」

「そう。ぼくたちは幼なじみだったんです。ぼくは十八歳のとき、オーランド・バークレイ氏に、娘さんと婚約させてくれと頼みました」

「まあ、覚えていてくれたなんてうれしいわ」

マイアは、にこりと笑った。

はじめてジャンが認めたので、なんだか本当にうれしかった。

「でもそのことが実現するまえに、おとうさまは亡くなってしまったわ。それが、わたくしにとってどんなに辛《つら》かったか、あなたにはおわかりになるかしら」

「わかりますよ。ぼくだって両親を亡くしている」

「あなたはおびえているわね。そんなにわたくしが嫌い？　それはどうしてかしら」

マイアは自分から切り出した。

お互いに様子をうかがっていてもきりはない。マイアは初恋の幼なじみに会った深窓の女性――それとも、幼なじみを装った恐喝者《きょうかつしゃ》――となって、なるべく優しく言った。

「嫌いに決まっているだろう。あんなに馬鹿みたいな手紙をよこして。あることないこと、知ったふうに」

「馬鹿みたいな手紙なんて、ひどいわ。わたくしは、せいいっぱい、心をこめて――」

「もういい。演技はよせ」

あら、意外と率直なのね、とマイアが思ったとき、さらに率直に、ジャンは言った。

「──いくら欲しいんだ」


──なるほど。

マイアは納得した。

うっすらと考えていたとおりだった。

ジャンはエリノアに怯えている。

エリノアがジャンにずっと出していたというのは、愛の手紙であるのと同時に、脅《おど》しの手紙でもあるんだわ。

その内容がなにかはわからないけど、知られては困ること。

アランが、わたしのことを婚約者に知られたくないのと同じ。

何なのかしら。ふたりの関係は婚約したってだけじゃなかったとか。それとも、まったく別のことか。

ジャンは大学を出てたった数年で、投資の仕事で成功するような男である。なにかうしろ暗いことがあってもおかしくない。

レヴィンから頼まれた仕事──彼に昔を思い出させろ、彼にしつこく迫って愛をささやけ、というのは、彼を怯えさせろ、ということだったんだろう。

そして彼は自分から、うしろめたいことがある、ということを認めた。どうやら、お金まで出す気があるらしい。

もしかして最初から、これが目当てだったのかしら、とマイアは思った。

それなら、エリノアが自分の顔を出したくないわけもわかる。——貴族の令嬢が、表だって男性を脅せるわけがないものね。

そしてレヴィンが、初恋の男性の思い出に残りたいとかなんとか、変な仕事の頼み方をする理由。それも、なんか含みのある言い方で。要は、はっきり言ったら断られるような仕事だった、というわけだ。

これが特殊業務か。

——なんて仕事よ、レヴィン。

エリノアは目の前の男の乱れのない金髪を眺めながら、レヴィンに何度目かの腹をたてた。脅した内容がなんにしろ、ジャンがいくら欲しいのかとまで言ったのだから（きっとこれが、レヴィンの言う、語らせる、ってことだ）マイアはこのまくるりときびすを返して、帰ってもいいわけだ。

わたしは仕事を完遂《かんすい》した。ここからはレヴィンと、本物のエリノアが交渉すればいい。

しかし、レヴィンに利用されて終わるのはしゃくにさわる——。

マイアがあれこれ考えている間に、ジャンはマイアを見つめて、肩をそびやかす。

「結局は金だろう」

マイアは少し考えてから、口を開く。

注意深く、男に誤解された悲しみをこめて。

「わたくし、あなたの言っている意味がわからないわ。わたくしはただ、あなたを愛しているだけよ。ふたりで幸せになりましょう。亡くなったおとうさまも、それを望んでいると思うし」

「レヴィン・クレセントとはどういう関係だ？　どうしてあの男と一緒にここに来た」

「レヴィンは——」

マイアは止まった。

レヴィンが受付に書いた住所は、コスモポリタンホテルだった。レヴィンはこの男に、どこかの王子か外国の貴族だと思われている。

演技をすると決意したからには、続けなければならない。注意深く。

「——レヴィンには、一緒に来てもらっただけよ。コスモポリタンホテルのロビーで、たまたま知り合って——ひとりだったら舞踏会には参加できないから、頼んだの。レヴィンは優しいのよ」

「つまり、婚約者でもなんでもないんだな」

ジャンはほっとしたようだった。

「そうね」

「ああいう男は身勝手だ。おまえと一緒に来たのは単なる気まぐれだったんだろうな。おまえは誰だ？　どこのメイドだ？」

「――メイド？」

マイアはぎくりとした。

どうしてわかったのか。

これこそ、本当に想定していなかった。

ジャンは、思っていたよりも鋭かった。レヴィンよりも鋭い男なんて、どこにもいないと思ったのに。

いけない――。

マイアの焦《あせ》りがわかったのかどうか、ジャンは、かすかに笑った。

勝者の笑みだ。

「――事実だってことか。おまえの名前は？　エリノアの写真をなくしたのは、俺の失態だった。おまえは誰だ？　エリノアのメイドか？」

「なんのことだかわからないわ、ジャン。わたくしは、エリノア――」

「そんなわけはないな。エリノアはロンドンの屋敷にいて、誰とも交流していない。ちゃんと確かめているんだ。ロンドンの屋敷には、エリノアの言うことを聞くような若いメイドはいない。——おおかた、おまえはなにも知らないで、どこかから話を聞いたんだろう。エリノアと俺の話を。昔婚約していたとかなんとか。それで、金をせびりとろうとしたんだろう」

「ジャン、わたくしはただ——」

「おまえは誰だ？　おおかた、メイドになりたてのどこかの田舎娘だろう。偶然エリノアと俺の関係を知って、金になると思ってやってきた。金ならやるから、何を知っているか言ってみろ」

演技を終了させるべきなのか、それとも、さらなる言質《げんち》をとるために、もうひと芝居打つべきなのか——。

「——わたしを疑うなら、警察を呼べば？」

マイアは低い声で言った。

考えるよりも先に、言葉が出た。

きっとジャンは怒るはずだ。そうされたくないのならば。

ジャンの青い瞳に、炎が燃え上がった。

思いがけない、これまでに見たことのないような光だった。ジャンはマイアに手をのばした。

マイアはジャンの手を避けて、うしろにさがる。

ジャンの目の光は消えなかった。そのまま大またで近づいてくる。ゆらりと揺れるような歩き方だ。

マイアは横に逃げた。扉に手をかけて開けようとすると、そのままジャンはうしろからはがいじめにする。マイアはジャンの手をふりほどき、扉を開けた。

そうしてみると、扉は思いがけず厚く、重い。

「——ジャン！　お部屋にいるの？」

そのとき高い声がして、扉が開いた。


「ジャン！　なにをやっているの？」

アンジェリカはひらりと部屋にすべりこんでくると、マイアを見て眉《まゆ》をつりあげた。

「あなた？　エリノアとか言ったわね。どうして、ジャンと一緒にいるの？」

アンジェリカは高い声で言った。

どうしてって、この部屋を教えてくれたのはアンジェリカじゃないの。

マイアは思わず言い返しそうになったが、ジャンの視線を背中に感じて、アンジェリカに話を合わせる。

「わたくし、ジャンに話があったのよ。アンジェリカ。わたくしとジャンは幼なじみなの」

「嘘《うそ》っぱちだ！」

ジャンが言った。

いつのまにかさきほどの炎は消えている。ジャンはどこか甘えたような声で、アンジェリカに向き直った。

「ぼくにエリノアっていう幼なじみがいたのは本当だが、もう十年も会ってない。エリノアがこんなことをするわけがないよ。この女はぼくが休んでいるのに、押しかけてきたんだよ。きっと、メイドかなにかなんだ。今、全力で追い返していたところだ。それでも帰ってくれなくて。きみが来てくれて助かった、アンジェリカ」

「――顔色が悪いわ。ジャン」

アンジェリカは心配そうに眉根を寄せた。

アンジェリカはマイアとジャンの間に割って入り、ジャンに手をのばす。

マイアがいるのにもかまわず、アンジェリカはジャンを抱きしめた。

「アンジェリカ……わかってくれるんだね？　悪いのはこの女だ。こいつはぼくの幼なじみのふりをして、ぼくを脅しに来たんだ」

「ええ、わかっているわ、ジャン」

ジャンの体から力が抜けている。アンジェリカはジャンを抱きしめ、頭をなでながら、その場にしゃがみこんだ。

「きみならわかってくれると思っていたよ、アンジェリカ……」

「わたくしは、なにがあってもあなたの味方だわ。いつもそう言っているはずよ。ジャン。たとえあなたの過去になにがあろうと。わたくしだけは、ほかの女性とは違うのよ」

「アンジェリカ……」

ジャンはアンジェリカの豊満な胸に顔をうずめ、子どものように甘えた。

抱きしめているアンジェリカの手がうしろにまわった。

白い手袋が扉を指さす。

マイアに、行け、と言っている。

アンジェリカの手は、ジャンからは死角になっている。

アンジェリカは、マイアを逃がそうとしているのだ。

マイアは少し迷ったあと、扉を開けた。

「とても辛《つら》かったのね、ジャン」

アンジェリカの、優しい声が聞こえる。

「何があったの？　わたくしがみんな聞いてあげるわ、ジャン。ずっとあなたが好きだったの。はじめて会ったときからずっと。わたくしが、あなたを守ってあげる……」

マイアは扉を閉めた。

とたんにアンジェリカの声は、ぴたりと聞こえなくなった。

4　嘘つきたちの社交場

エリノア・バークレイの心は、静かに浮き立っていた。

ずっとこのときを待っていたのである。

上流階級の女性が、はじめての舞踏会を待っているように。

エリノアの少女時代は、ジャン・ウォートンとともにあった。

ジャンは八歳上の幼なじみで、見たことのないような金の髪をした少年だった。赤い唇《くちびる》と、丸くて青い瞳《ひとみ》はまるで女の子のようである。兄のショーンと同年の少年でなくて、男の子の格好をした女の子のようだと父は目を細めていた。

学校へ行くと背がのびはじめて、兄よりも頭ひとつ高くなった。エリノアは屋敷の窓から、バークレイ家とウォートン家、二組の父と息子たちを見て、妹ながら、兄よりもジャンのほうが貴族らしく、父の息子のように見える、と思っていたものだった。実際、ジャンとショーンが並んでいると、ジャンのほうをバークレイ家の息子だと思いこむ客もいたらしい。

ジャンは父と同じうすい金髪、ショーンは、母親のジャニーン譲りの、エリノアと同じ茶色い髪である。

ジャンの父親、ビル・ウォートンはどちらかといえば無骨な男だったので、ジャン自身も、自分の父親よりもオーランドと一緒にいることを好んでいたようだった。

父が、ジャンとエリノアを婚約させよう、と本気で思い始めたのは、ショーンが若くして亡くなってからだったと思う。

ショーンはジャンと比べると美しくはなかったけれど、社交的で聡明《そうめい》なところが父に似ていた。ショーンもエリノアをかわいがっていたので、兄が寄宿学校の夏休みの旅行中、谷に落ちて死んだと聞いたとき、エリノアは深い悲しみの底に沈んだ。

喪《も》があけて半年もたつと、父は十歳のエリノアに、ジャンと結婚する気はあるかと優しく尋《たず》ね、エリノアは了承《りょうしょう》した。

兄がいない今、父がバークレイ家の財産と、ひとり娘の行く末を考えはじめているのは明らかで、それには地所がとなりであるジャンはちょうどよかったのだ。

ショーンが死んでから、両親の仲はうまくいっていなかった。夜中に、夫婦の寝室からけんかをする声を聞いたこともある。

思えばそのときからもう、母には恋人がいたのだろう……。

ウォートン家の家柄《いえがら》は、貴族の血をひくバークレイ家からすると劣る。

地所が近いのは、ビル・ウォートンが戦地で、跡取りのいない戦友から譲られた家と、バークレイ家が気まぐれに別邸として買っていた家が、たまたまとなり合わせだったからである。

階級の差にかまわず、父はジャンを気に入っていた。成績が優秀で、礼儀をこころえており、容姿も貴族的である。ひょっとしたら、早世《そうせい》したショーンの代わりのように思っていたのかもしれない。

——ちょっと気にかかるのは、彼が野心的に過ぎるということなのだが——ジャンは、私の持っている財産、とくに債券や、投機筋の土地の書類を見たがるのでね。そんなことを考えるのはまだ早いと思うのだが。

そう父が言ったのは、ジャンが大学生のころだった。

ジャンは帰ってきても父を訪ねるばかりで、エリノアとはあいさつ以上の話をしていない。

エリノアもまだデビュー前で、母がとめるので、ジャンとは話ができなかった。

そのうち、父はだんだんジャンの話題をしなくなり、ある日ふと、エリノアが、ジャンとのことはどうなっていますの、と尋ねると、彼との婚約は無効にした、と言いだした。

どうやらジャンは父に、言ってはならないことを言ったらしい。

父の父、エリノアの祖父が子爵位《ししやくい》を持っていることを知って、オーランドをたきつけたのだ。オーランドは跡継ぎである兄よりも優秀なはずだ。いくら次男だからといって、みすみす爵位と領地をとられていいのか、というようなことを。

オーランドは貴族の次男として、爵位や領地が欲しいなどとは考えたこともなかったので、まったくの他人であるジャンにそんなことを言われて仰天《ぎょうてん》した。貴族の気持ちは貴族でないものにはわからない、ということに気づいたのだ。

かくして婚約は白紙になった。

そのころ、エリノアはジャンから手紙をもらったことがある。

それは熱烈にエリノアをかきくどく手紙で、オーランドとは仲違《なかたが》いしたが、あなたへの気持ちは変わっていない、あらためて婚約をしたいので会ってほしい、とあった。

少女の時代に婚約を交わしたきり、あいさつ以外の言葉すらかけることもなかったくせにいまさら、とエリノアは呆《あき》れたが、心はうずいた。

十歳のときからずっと想《おも》ってきた男性である。

会いたいと手紙を書いたら写真だけを送ってきたり、新聞に成績優秀者として載《の》るので見てほしい、きみと会うときには立派な男になっていたい、などと調子のいい手紙を書いてきては、忘れていないというアピールだけをしてきた恋人である。

二十五歳になったジャンはますます美しく、何をやっているかはわからないが仕事も順調らしい。そんな彼が、事情はともあれ会ってくれと頭を下げてきている。

わたくしは彼を愛している、と父を説得してみようか——そのためにも、彼に会わなければならない——でも、会いたいと言いだしたとたん、彼はまた、約束を反故《ほご》にするのではなかろうか。これまでのように。

そのときにはエリノアはもうデビューしていたが、両親が不仲で、家の経済状態が悪いのもうすうすわかってきて、誰にも相談できなかった。

迷うエリノアに、やめなさい、とはっきり言ったのが、レヴィンである。

レヴィン・クレセント——。

あるいは、レヴィン・クリストファ・ブランシェ。


エリノアは、デビューしたての十七の少女だった。

場所は、ロトン・ロウの馬場。ロンドンではまだ、社交期の公園で朝早く乗馬を楽しむという習慣が残っている。

レヴィンは馬に乗っていた。

レヴィンは乗馬が巧《たく》みで——貴族にしても馬に慣れすぎ、巧みすぎるのではないか、と思うほどで、乗馬服を着た姿は黒髪の騎士のようだった。

エリノアが馬をとばしすぎて、母や友人たちより先に来てしまい、ひとりだけになったとき、その男はすっと馬を寄せてきて、言ったのだ。

「父親とジャン・ウォートンの不仲について悩んでいるのなら、父親をとりなさい。ジャンとは関《かか》わるのをやめることだ」

エリノアは、面識のない男が自分の悩みを知っていたことに、驚くよりもうろたえた。

あなたはおとなしいから、悪い男に気をつけなくてはならない、とは、母やメイドにいつも口うるさく言われている。

そしてレヴィンはまさにエリノアがイメージする、悪い男、そのものだった。

「――あなたは?」

「レヴィン・クレセント。あなたのお父さんはぼくの母と面識がある」

「貴族なの?」

上流階級の人間でなければロトン・ロウには入れないが、クレセント家、などとは聞いたこともなかった。

いまよりも三歳若いレヴィンは、うっすらと笑った。

「そうだ。ただし父の名は紳士録には載ってない。両親は駆け落ちしたんでね」

駆け落ち。十七歳のエリノアはその言葉にときめきを覚えたが、レヴィンは何のロマンも感じていないようだった。

「では、おかあさまは誰?」

「それを言わないと、ぼくの話をまともに聞いてくれないということか」

レヴィンは面倒くささそうにつぶやいた。

「母はレオノーラ・ブランシェ。ぼくは社交界に出ていないが、ブランシェ伯爵家《はくしゃくけ》の援助は無限だ。ぼくについてうしろめたいことがあるようでね。たまに白い目で見られるが、ぼくにとっては最高の環境だ。こういうところにも出入りできるし、面倒なときには消えていられる。またひとつ、馬鹿な貴族が誰かの餌食《えじき》になろうとしているときには注意もできる。ぼくはきみに忠告しに来たんだよ」

レヴィンは早口で言った。

エリノアはレヴィンを見つめる。

信用できるかできないか、判断はできなかった。

「そういうことは、おとうさまに言うべきだと思うわ」

「もちろん言ったよ。彼は人がよすぎて、信じてもらえなかった」

「じゃあ、どうしてわたくしに言うの？」

うしろから、母たちが追いつこうとしていた。

レヴィンはひとつ馬に鞭《むち》をくれ、エリノアの人生を変えるような一言を放った。

「きみの骨格がいいからだ。エリノア・バークレイ」

あのときのレヴィンは、今よりおしゃべりだった。

少し子どもっぽくて、自分の境遇について皮肉を言ったり、貴族だと名乗るのにためらったりするようなところもあった。

わたくしの最大の過《あやま》ちは、このことをちゃんと、父と話し合わなかったことだ——。

父は迫り来る破産の危機を、どうにか祖父を頼らずに回避しようと腐心《ふしん》していて、まさか、たった二十五歳のジャン・ウォートンが敵だなんて、考えてもみなかった。

レヴィンはわたくしに最大限の警告をしてくれたのに。

エリノアはレヴィンの忠告を聞いて、ジャンとは会わないことを決めた。

それから一年もたたないうちに父は死んだ。

そして、バークレイ家の財産はウォートン家の——ジャンのものになった。

母は再婚した。祖父はエリノアをひきとりたがったけれど、エリノアはロンドンに残ることを選んだ。

どうしても、やらなければならないことがあったからである。

父が死んだショックから立ち直ると、エリノアはジャンに手紙を書いた。

父は自殺したんじゃない。あなたが殺した。

それは事実だ。

エリノアは、ジャンが久しぶりにバークレイ家を訪れたあの日、ジャンがオーランドを——

初恋の男が、愛する父を殺すのを見た。

ジャンから手紙の返事はなく、エリノアは誰にも相談できなかった。

エリノアの母親は再婚するにあたりジャンから祝い金をもらったとかで、彼の悪口を言われるのを嫌がり、すべてを病気のせいにしてエリノアを部屋に閉じ込めようとしたのである。

わたくしはあの日、父を撃ちぬくあなたを見たのです、ジャン。

父は自殺したのではない。あなたが殺した。

本当です。あなたが憎い。

でも愛している。わたくしはずっと、あなたと結婚したかった。今も。

あなたの財産はすべて、わたくしのもの。

どうして返事をくれないのですか？　愛するジャン——。

エリノアには手紙を書くことしかできなかった。手紙を書くことで、立ち直っていったともいえる。

エリノアが動き始めたのは、口伝えにレヴィンの名前を聞き、やっとのことで訪ねていくことができてからだ。


レヴィン・クレセント私設事務所。

大学を卒業したレヴィンはなぜか、ロンドンに小さな事務所をかまえ、探偵のような仕事をしているらしい。数少ない友人から、ちらっとその話を聞いたのは、去年——エリノアが十九歳だったときだ。

ロンドン・ウイルスコット通り八番街——ごく普通の住宅地にある、クレセント事務所の玄関で、最後に会ったときから三つ年をとって、子どもっぽいところをなくしたレヴィンの前にエリノアは立った。

「骨格がいいってどういうこと？」

エリノアは名乗らず、レヴィンに尋ねた。

このころのエリノアは背が伸びたうえ、昔のふっくらとした面影《おもかげ》がなくなっている。髪は茶色から父そっくりの金髪に変わり、瞳は茶色が強くなった。昔は好んで着ていたピンクやフリルのドレスも自分に禁じている。

二年前までの自分しか知らない人間に、エリノア・バークレイだとあてられたことは一度もなかった。

「化《ば》けられるってことだ。エリノア」

頭から爪《つめ》の先まで、エリノアをながめおろして、レヴィンは答えた。

「おとうさまはジャンにすべてを奪われて、殺されたわ。証拠は何もないの。お母さまも信じてくれないし、いまやジャン・ウォートンは新進気鋭の実業家として新聞にも載ってる。わたくしはどうすればいいの？」

エリノアは言った。

言ったとたん、これまでこらえていた涙が、どっと流れそうになる。だがこらえた。

「あの男のやったことを明らかにしたいのなら、そう難しくないやり方がある。ただし、きみに勇気があればだが」

レヴィンは、ゆっくりと言った。

彼は昔から、面倒なあいさつや社交辞令を好まない。

「あるわ」

「だったら彼に語らせることができるだろう。きみが明らかな証拠を持っていないことは彼にも想像はついているだろうが、責め続ければ、うっとうしい蠅《はえ》を払おうとして尻尾《しっぽ》を出す。それまできみは近くにいて、彼の身辺を探りなさい」

どうやって？

レヴィンは黙ってエリノアの肩を抱き、部屋に招き入れた。

エリノアは、手紙を書く頻度《ひんど》をあげ、内容を変えた。

愛してるわ、ジャン――。

実際、そう書いていると、本当に愛しているように思えてくるから、不思議だ。

それからエリノアは計画通り、名前を変えて社交界に出た。ドレスや馬車や、必要なものはすべて、レヴィンが用意してくれた。

レヴィンの仕事がお金のためだけなのかどうかは、エリノアにはわからなかった。勝てば大きい勝負には、最初からつぎこむことにしているんだよ、と言ったけれど、勝てる保証もないのである。

ただ、レヴィンがふと漏《も》らした言葉から察するに、レヴィン、またはレヴィンの母親のレオノーラは、オーランドにいくらかの恩があったらしい。

父はおせっかいだったし、ジャンを見込んでいたのからもわかるとおり、世間に背を向けられるような人の味方をしたがるたちだったから、それはエリノアにも理解できた。

エリノアは何カ月かかけてジャンに近づき、やっと恋人といっていいような仲になった。

ジャンは警戒心が強く、ウォートン家が財産を増やす発端《ほったん》や、バークレイ家との関係については何度も水を向けてみても話さなかったが、エリノアがそれらの興味を持つことは喜んだ。

自分が悪党なので、悪党の女のほうが安心できるんだよ、とレヴィンは言ったが、エリノアにとっては複雑な気持ちだ。ジャンは、思った以上にエリノアのことを忘れているのである。

いくら背が伸び、性格も髪の色も変わり、化粧をしていても、ふとした拍子《ひょうし》に気づかないものかと思う。

婚約までした幼なじみだし、写真も一緒に撮ったのだ。

レヴィンは、エリノアのことをひと目でわかったというのに。

レヴィンにそう言うと、ジャンは人に——とくに女に興味がないんだろう、とあっさりと答え、少し考えたあとで、別のやりかたを提案した。

エリノア・バークレイの替え玉を作る、と。

エリノアは彼の恋人になり、怯《おび》えた彼を慰《なぐさ》めつつ、うまく誘導するだけでいい。ジャンを挑発するのは、替え玉にやらせる。

エリノアは他人を巻き込むのは気がすすまなかったし、もしもいい替え玉が見つからなかったら強行するつもりはなかったのだが、ちょうど昔のエリノアに似た娘が、舞踏会の直前になって見つかった。

マイア・クランは最高だ、とレヴィンは言った。

彼女には才能がある。きみと同様にね。大丈夫、何かあったらぼくが守るよ。

才能という意味がわからなかったし、ぼくが守る、などという言葉をレヴィンから聞いたのははじめてだったので、エリノアは少し驚いたのだが、それはそれとして——。

マイアは、求められる仕事はすべて果たした、とエリノアは思う。

レヴィンの目は確かだった。人を脅《おど》すだの怯えさせるだのはもちろん言えないから、片思いの相手に迫れ、とかなんとか適当に説明したわけだが、マイアはそのあたりもすべて飲み込んで、うろたえることもなかった。

五ポンドの特別報酬でも足りないくらいだわ、とエリノアは思った。

マイアは生活に困っているみたいだし、なんならわたくしが個人的に雇ってもいいくらい。

ここから先は、マイアには求められない。わたくしの仕事なんだわ。

エリノアはマイアのいなくなったジャンの部屋で、かつての婚約者を胸に抱き寄せる。

月に照らされたジャンは美しく、額《ひたい》は聡明な少年のようだ。

ジャンの荒かった息が静まってくると、いとおしさがこみあげた。

こうしていると、昔の淡い記憶がよみがえる。

年上の幼なじみ、美貌《びぼう》のジャンに思いをつのらせていた自分の夢がかなったようだ。

ふたりきりで、あなたを胸に抱いて。

ずっとエリノアは、こうしたかったのだ。

「――何があったの？　わたくしがみんな聞いてあげるわ、ジャン。わたくしが、あなたを守ってあげる」

「アンジェリカ……」

「わたくし、あなたのためならなんでもするわ。愛しているのよ」

ジャンがエリノア――アンジェリカの胸をまさぐってくる。

ジャンは甘え上手なのだ。だから年上の人間にかわいがられるのだろう。

かわいい人だわ、とエリノアは思う。

レヴィンのやりかたは間違っていなかった。

替え玉のマイアが挑発してくれて、わたくしがそれを慰める。

エリノアの心は静かに浮き立つ。

わたくしはずっと、この人がこうしてくれるのを待っていた。

ジャンが愛したのはオーランドと、バークレイ家の財産であって、エリノア・バークレイのことには見向きもしなかった。

わたくしは、そのことに傷ついていたのよ、ずっと。

愛しているわ、ジャン。あなたもわたくしを愛して。

わたくしは、あなたと同じ愛し方で、あなたを愛する。

あなたがおとうさまにそうしたように、思い切り裏切ってやりたいの。


マイアが階段を降りていくと、レヴィンがマイアを見つけ、廊下《ろうか》の壁から背中を離すのが見えた。

レヴィンは片手をポケットにつっこんでいる。

ダンスに飽きて廊下で休んでいる青年、といった風情《ふぜい》だが、誰も話しかけるものはいない。どこか近寄りがたいような雰囲気は相変わらずである。

「待っているくらいなら来てくれればよかったのに」

いくぶんかの皮肉をこめて、マイアは言った。

レヴィンはにっこりと笑って、マイアに腕を差し出した。

「きみに任《まか》せたほうが面白いような気がしたんでね。ジャンは？」

「アンジェリカが慰めてるわ」

「ということは慰められるような事態にはなったんだな。ジャンはきみになんて言った？」

「いくら欲しいんだ、って。わたしがエリノアじゃないことを見破られてたわ。どこかのメイドだろうって言われた」

「きみはなんて答えた？」

「そう思うなら警察を呼べば、って。彼、怒ったわ」

マイアが言うと、レヴィンは吹き出した。

「上出来だ、マイア。ぼくならこうはいかない」

珍しく下を向き、くつくつと笑っている。

誉《ほ》められているのに、なんだか馬鹿にされている気分だ。

「ばれてもよかったの？」

「いや。でもまったく想定してなかったわけじゃない。もとがメイドだってことまでわかるとは思わなかったけど。きみならうまく切り抜けるって信じていたよ」

「冷や汗をかいたわよ。上出来ついでに、事情を教えてくれる？」

「教えるのはいいけど、話したら引き返せない。きみはそれでいいのかね。つまり——ぼくがきみを巻き込んで行おうとしていることは、ちょっとばかり危険かもしれない。きみが希望するなら、ぼくはすぐに、きみをここから立ち去らせてあげるよ。きみはまったく安全だし、もちろん報酬はきちんと支払う。個人的にはそのほうがいいと思うけど」

マイアはレヴィンを見た。

レヴィンはマイアをじっと見返す。蒼い瞳は透明な宝石のようだった。同じ青でも、ジャンとは違う。ジャンの青は少し濁《にご》っていた——本人はきっと、絶対に認めないだろうけど、そして、ぞっとするような炎が燃えていた……。

扉が開き、主人のいない舞踏場から、ゆったりとしたワルツが聴こえてくる。マイアの胸もとにある大きなダイヤモンドが、廊下の燭台《しょくだい》の灯《あか》りに照らされてきらきら光った。

もう最初にここに入ったときのようにどきどきしなかった。少しの間に慣れたようである。

わたし、自分で思っているよりも好奇心が強いのかもしれない……。

自分が、自分で思っていた人間と違うかもしれない、と思うのは、少し怖いことでもある。

「最初から、良心的な仕事なんて思ってないわ」

最後の逡巡《しゅんじゅん》を断ち切るように、マイアは言った。

「そのうちジャンがわたしたちを追い出しにかかるわよ、レヴィン。お金をもらうなら、早くふっかけたほうがいいわ」

「しばらくは大丈夫だ。アンジェリカが時間を稼《かせ》いでくれるだろうから」

「アンジェリカもあなたの味方だってことね。事務所の人間？」

「事務所の人間、って言いかたはおかしいな。依頼人だから。彼女はエリノア・バークレイ。ジャンを恨《うら》んでる。ほとんど愛しているほどに。片思いだと言ったのは嘘《うそ》じゃない」

マイアは目を丸くした。

「――エリノア？　アンジェリカが？　だって――」

「いいから、こっちにおいで、マイア。きみが仕事を遂行《すいこう》してくれるなら、これほどありがたいことはない。ぼくにとっても、アンジェリカにとっても」

レヴィンは舞踏場に入るまえに、さりげなく花びんから赤い薔薇《ばら》をひとつ、引き抜いている。歩きながら、褒章《ほうしょう》を与えるかのようにマイアの髪に挿《さ》した。

「赤い薔薇があるのはここだけね」

マイアは言った。

「そうみたいだね。どうして気づいた？」

「どうして薔薇が少ないのかしらって思ってたのよ。舞踏会だっていうのに、珍しいわ」

「なるほど。きみは目ざといね」

舞踏場にはゆっくりとしたメヌエットがかかっている。

第一部の盛り上がりが終わったところらしい。人はそろそろ踊るのに飽きて、腹ごしらえのために庭に出始めている。

「踊れないわ、わたし」

レヴィンがマイアの手をとろうとしたところで、マイアはちょっとためらった。

「軽いステップならヘイルが教えたはずだ」

「そうだけど」

「舞踏会に来たのに、まったく踊らなければかえって目立つよ。いいからぼくに任《まか》せなさい」

舞踏場のすみには男がいる。ベックスと呼ばれる使用人である。

ベックスのほかには黒の蝶《ちょう》ネクタイをした男たちが、盆の上にグラスを載《の》せて、踊り終わった客たちの喉《のど》を潤《うるお》している。

ベックスは彼らをさりげなく監視しながら、客たちが満足しているかどうか目をやっている。

どうも、ベックスは油断がならないような気がする。さきほどとはちょっと、マイアを見る目が変わっている。

ブランストン家にもああいう執事《しつじ》や従僕はいた。主人に忠実で、驚くほど見る目があって。

マイアがもとメイドだと見破って、ジャンに教えたのは、ベックスかもしれない。

そのうちジャンが彼に命令して、マイアとレヴィンはつまみ出される。

しかしそれならなお、こんなところで立っているよりは、レヴィンと一緒に踊っていたほうが紛《まぎ》れることはできるわけだ――。

レヴィンは自然にマイアの手をとり、ステップを踏み始めた。

音楽に合わせて踊りだす。

レヴィンは心なしか、ベックスからマイアの顔を隠すような位置に動いていく。

ちゃんと踊るのははじめてなのに、緊張しなかった。レヴィンの手はしっかりとマイアの腰をとらえていて、よろけても間違えても、すべてを吸収して支えてくれる。

「ぼくはエスコートは得意なんだよ、マイア。舞踏会で男女が話すのにいちばん適しているのは踊っている最中だ。何を話していたって、誰も注目しない。――ええと、どこから話せばいいのかな。ジャンが、バークレイ家の財産を自分のものにするために何をやったのか――それをうけて、エリノアが何を決意したか。このあたりからでいいかな？」


数曲踊り終わったところで、従僕が足音をさせずに近寄ってきた。

彼は盆を持っている。盆の上には透明な液体を満たしたグラスがふたつ、置いてある。

マイアが、わたしはいいわ、と言おうとする横から、レヴィンがすっと手を伸ばした。

「様子は？」

レヴィンはグラスの水を口に運びながら、従僕に尋ねた。

「ジャンさまは部屋にいます。アンジェリカさまがお呼びでございます。予定どおり」

声に聞き覚えがあるような気がして顔を見ると、ヘイルだった。

ヘイルはウォートン家の使用人と同じコートを着て、ごていねいに付けひげまでしている。

これまでどこにいたのか、マイアはまったく気づかなかった。

「エリノアを、ってことかな？」

「さようで」

ヘイルはうやうやしく答えた。

レヴィンはごく自然に、マイアの腰を抱く。そのままレヴィンとマイアは連れ立って舞踏場を横切り、廊下を歩いていった。

誰もいない階段を昇ろうとしたときに、うしろから声がかかった。

「――そちらにはお客さまは入れないことになっております。レヴィン・クレセントさま」

マイアはふりかえった。

そこにいたのはベックスである。

ベックスはていねいだが有無《うむ》を言わせない口調で、レヴィンと向かい合った。

「さっき、ぼくのパートナーが忘れ物をしたんだよ」

「私が取ってまいりましょう。どちらのお部屋でしたか」

「それには及ばない。ぼくの恋人は、自分のものを男性の使用人に触れられるのを好まないのでね」

「失礼ですが、そちらの方のお名前は――」

ベックスがマイアの名前を誰何《すいか》するまえに、レヴィンの手が、しゅっと動いた。

くぐもったうめき声をあげて、ベックスが前のめりに崩れる。

それでもなお、顔をあげてレヴィンをにらみつけ、何かを言おうとする口を、いつのまにか追いついていたヘイルがふさいだ。てのひらには白いハンカチを持っている。そのままベックスの肩を抱き寄せ、自分のかたわらに寄り添わせる。

マイアはあっけにとられた。

みぞおちとはいえ、レヴィンが人を殴《なぐ》ったということが信じられない。

レヴィンは腕力よりも頭脳と口のうまさで世の中を渡っていく人間だと思っていた。

ベックスは気を失っているようだ。力が入っているようには見えなかったのに、どうしてこうなるのか、マイアにはよくわからない。

レヴィンとヘイル、ふたりの男が、これまでにも何回か同じことをしたことがあるのではないか、と疑ってしまう。

「この男はどうなさいますか、レヴィンさま。放っておきますか」

「いや、連れてきてくれ。ちょうどいい。忠実そうな男だ」

「かしこまりました」

ヘイルはベックスを肩にかつぎあげた。

ヘイルの肩の筋肉が、フロックコートの上からもわかるほどに盛り上がっている。

立ち尽くすマイアの前に、レヴィンが来た。

「来い、仕事だ。仕上げの特殊業務だよ、マイア」

楽しげに、だが独特の緊張をはらんだ声でレヴィンは言い、マイアに、やわらかな革手袋に包まれた手を差し出した。

5　恋の仕上げはピストルで

「──入りますわ。ジャンさま」

と、マイアは言った。

ジャンの部屋である。

まだ舞踏会の最中だが、扉をぴったり閉めると、音は聞こえてこない。

部屋の様子はさっきと変わっていなかった。奥の壁いちめんには書棚があり、部屋の中央には黒光りするピアノがおいてある。

ジャンは書斎机の前に、主人然として座っていた。

カーテンは半分ほど引かれ、月明かりが窓から入ってきている。灯《あか》りは書斎机の上においてあるランプひとつきりだ。

あらためて見ると、女のような美しい男である。ランプに照らされて、金髪と青い瞳《ひとみ》がきらめく。マイアと別れたあとで整えたのだろう、髪や服にはしわひとつない。

「鍵《かぎ》をかけてくれないか。話の邪魔をされたくないんでね」

ジャンが言った。

マイアはおとなしく、扉の内側から鍵をかけた。

「――アンジェリカは？」

マイアは注意深く尋《たず》ねた。

「帰ったよ。アンジェリカも舞踏会を楽しむ権利があるし、ここは、きみとふたりきりで話したほうがいいと思ったものでね。彼女は同席したがったんだが、ぼくが追い返した」

「信じてないのね。恋人なのに」

「婚約者だよ。さっきプロポーズした。だからこそ、結婚するまえに、くだらない問題にかたをつけておきたいんだ」

「まあ、おめでとう」

マイアは笑った。おかしくてたまらない。

ジャンは不快そうに眉《まゆ》をひそめた。やや唐突に、話を変える。

「――ここに来たことは、レヴィンは知っているのか？」

マイアは首を振った。

「誰にも言ってないわ。レヴィンがほかの人と踊っている間に、こっそり来たのよ。レヴィンにはすぐに女性が近寄ってくるの。彼って本当に素敵だわ。貴族だし、何もかも持っているのよ」

「——きみがそんなことを気にするなんてね」

話とはまったく関係ないのに、面と向かってレヴィンを誉《ほ》められて、ジャンはむっとした。わかりやすい男だ。

「もちろんあなたも素敵よ、ジャン。とにかくレヴィンは、わたしとあなたのことは知らないわ。そのほうがいいんでしょ。わたしも知られたくないし。もしも交渉がうまくいったら、すぐに消えてあげるわよ」

「まあね。きみ——エリノア、って呼んでもいいけど、取引をする以上、本当の名前を言ってもいいんじゃないのかね。きみの名前は？」

「マイア・クラン。三カ月前まで、ブランストン家で客用メイドをやっていたわ」

マイアは正直に答えた。

ジャンは細く整えてある眉をあげた。

「やっぱりね。ぼくの目は正しかった。きみはメイドだったんだ」

「そうね。あなたに、こんなに見る目があるとは思わなかった」

本音だ。これぱかりはマイアも驚いた。

だからこそ、それを逆手にとろうと思ったわけだ。

もっとも、見破ったのがジャン自身かどうか、ということは疑っている。

「ブランストン家といえばそれなりに名門だ。最近じゃ、誰かの結婚が決まったとかで人手が足りないはずだよ。なんで辞《や》めさせられた?」

ジャンはゴシップが好きなのかもしれなかった。マイアの身辺にやけにこだわっている。

「辞めさせられたんじゃないの。辞めたのよ。いろいろあったの」

マイアは答えた。

ちょっと心が粟立《あわだ》つ。

こんなところでこの話題が出るとは思ってもみなかった。

屋敷を辞めた、などと何も知らない人が聴けば、マイアの手癖《てくせ》が悪くて、奥さまの宝石でも盗んだんだろうと疑われる。

これまで仕事を探しているときに、何回も疑われ、尋ねられたことである。どんなに違うと言っても信じてもらえないので、いいわけをする気もない。

手癖の悪いのはあの家の跡取り息子、アラン・ブランストンであって、マイアじゃないのに。

アランは田舎《いなか》から出てきたばかりのマイアに入れ込んでさんざん口説いた。ついに根負けして、休日に一緒に出かけてしまったのは、マイアが甘かったせいだが——そのときにアランはマイアに銀の指輪をくれて、好きだ、とまで言ったのである。

そしてそのあと、どこかの令嬢との婚約の話が持ち上がったとき、当然のように受けた。

アランは、呆然《ぼうぜん》としているマイアを見て、うしろめたそうに目を逸らし、きみに誰かを紹介してあげようか——と言った。

こんなことがあったら、ブランストン家がいくらいい職場でも勤めつづけられるわけがない。

ブランストン家を辞めたのは、マイアのせいじゃない。

あるいはレヴィンは、マイアの中にある、アランへのくすぶった怒りを見つけて、この仕事に適役だと踏んだのかもしれない。

もちろんアランは、ジャンほど酷《ひど》い男じゃない。優しいし、真面目《まじめ》だし、あれはあれで誠実だったと思う。

アランはマイアを愛していた――たぶん、結果はどうあれ、愛していたことがあった、とは思う。

ただちょっと弱かっただけで。だらしなかっただけで。

アランとジャンは違う――。

「なるほど、きみにも事情はあるってわけだな。その様子じゃ、前の職場を頼るわけにもいかなそうだ」

マイアの出自がわかって、ジャンはほっとしたようだった。長い足を組みなおす。

マイアはそっと歩き、窓際《まどぎわ》に立った。

窓の外にはウォートン家の薔薇園《ばらえん》がある。

ふたつの屋敷を無理にひとつにしたからか、もう手入れはされていない庭だ。生《お》い茂《しげ》った雑草に混じって、赤い薔薇がひっそりと咲いている。

庭師がいないのに、自力で咲いた、ということだろう。

薔薇は美しくしようと思えば手がかかるけれど、実は、とてもたくましい花だ。

窓には、髪に赤い薔薇を挿《さ》したマイアの姿が映っている。

「メイドがどうしてエリノアのふりをしてここに紛《まぎ》れこんだ？　ぼくがいちばん聞きたいことはそこなんだ。そこらの女が、レヴィン・クレセントなんていう男と知り合える機会はないはずなんだから。あの男だってうさんくさいが、どうやら貴族であることは間違いない」

「レヴィンは関係ないわ。たまたま知り合って、舞踏会に来るのに便利だから一緒に来てもらっただけなの」

「――本当に？」

ジャンは疑り深い。マイアは肩をすくめた。

「レヴィンに聞いてみてもいいわ。仕事を探している最中には、偉い人とすれ違う機会があったら、知り合いになろうとして必死になるものよ」

「エリノアともそれで？」

「まあね。話すことはそんなにたくさんじゃないでしょ、ジャン。わたし、あなたが何をやったのか知ってるんだから。つまり、エリノアから全部聞いてるってこと」

マイアは言った。

ジャンはまあまあ、と手でおさえるしぐさをした。

机の上から煙草《たばこ》入れをとり、紙巻煙草を口にくわえると、もったいぶったしぐさで火をつける。

「仕事を探してるのか、ミス・マイア・クラン。いまはひとり？」

「——そうよ」

「どこに住んでいる」

「イーストエンドのホテルよ。といっても安宿だけど」

マイアは住んでいる宿の名前を言った。

この半月、クレセント事務所で過ごす時間のほうが多かったが、引っ越しはしていない。

「女の子が泊まるには無用心そうな宿だな」

「仕方なかったのよ。お金がないんだもの。メイドを辞めたら、友だちも頼りにならなくて」

「じゃあ、本当にきみのことは誰も知らないんだな？」

「そうね」

「そのドレスや宝石は？」

「レヴィンが用意してくれたの。彼はお金が余ってるし、そういうのが好きみたい。でも、借り着みたいでしっくりしないわ」

マイアは本音を言った。

嘘《うそ》を言うときは本当のことを混ぜるに限る、とはこのことだ。

ジャンはふうっと煙を吐きながら、うなずいた。会話の主導権を握って、最初の余裕を取り戻しつつある。

「どうやら思っているよりもせっぱつまっているようだね、マイア。かわいそうに。金が欲しいのは理解できた。ぼくにはもちろん与えることができる。しかし、ぼくだって商売人だ。取引をするのに大事なのは、商品だよ。つまり、きみが何を知っているか、そしてその証拠を持っているのか、ということだ。きみがエリノアから何を聞いたのか、教えてくれないか？」

「あなたのことよ、もちろん」

「実はエリノアにはぼくも迷惑してるんだよ。大声じゃ言えないが、父親が死んでから混乱しててね。あることないことを言いふらしている。きみは誤解してるけど、ぼくにはうしろめたいことはないよ。きみに金をやるのは慈善《じぜん》事業だ。つまり、大いなるものの義務ってやつだね。こんなことを自分で言うのは照れくさいけど。――きみがエリノアから聞いて、ぼくに示せる証拠は？」

証拠――。

証拠を持っているのかどうか確認してきた、というのは、彼がそれをやったからだ。

そして。証拠がないという自信があるからだ。

マイアはアランを思い出す。

そんな指輪に見覚えはないよ。確かに、新しい客用メイドが仕事に慣れてないもんだから、気にかけてはいたけれど。ぼくが指輪をあげたとか、そんな証拠がどこにある？

嘘つきは自分の嘘をごまかすために、他人を嘘つきと言う。

あのときブランストン夫人がマイアをかばって、自分があげたのだと言ってくれなかったら、マイアは本当に泥棒《どろぼう》になるところだった。

「あなたの鉄道株のこと、わたしは調べたわ」

マイアは言った。

煙草をくゆらせていたジャンが、目を細める。

「――ほう？」

「いまのあなたの財産のもとになった株よね。あれはもともと、オーランド・バークレイが――エリノアのおとうさまが、あの会社がごく小さいときに手に入れたものだったんでしょう。もちろん投資のためなんかではなくて、田舎にやっと開通した、小さな鉄道会社の手助けをしようとして。あれを手放せば破産を免《まぬか》れることはわかっていたけれど、おとうさまは売りたくなかった。投機に使われたくなかったからよ。なのに、いつのまにかあなたがそれを持っていて、高値で売ったのよ」

「不思議に思うことはないよ。あれはオーランドと賭けをして、ぼくが手に入れたものだったんだから。彼のサインだってある」

「本当に？　あなたは、彼をだましたんじゃないかしら。あなたは野心があるから、そうやっていろんなものを手に入れてきたんでしょ。おとうさまはそのことに気づいて、あなたを問い詰めようとして——」

「そして、それができないことに気づいて自殺したんだよ、マイア」

「マイアじゃないわ。エリノアよ。わたくしはあのとき、この部屋で行われたことを見ていたわ」


「——この部屋で、行われたこと？」

ジャンはゆっくりとつぶやいた。

椅子《いす》を斜めに向けて、マイアを見る。

マイアは窓を背にして、ジャンと向き合う。赤いじゅうたんに、マイアの長い影が映っている。

「そうよ。ここは、おとうさまが死んだ部屋。——おとうさまはあのとき、頭から血を流して、そこに横たわっていた。静かに、静かに。……まさかあなたがこの屋敷を手に入れたあと——このまま、おとうさまの部屋を使い続けるなんて思わなかったわ」

ジャンは眉をひそめた。

手をのばして、書斎机の上の灰皿に煙草をぎゅっと押しつける。

その大理石の灰皿も、きっともともとはオーランドのものだったのだろう、とマイアは思った。

「使ったっていいじゃないか。確かに自殺はおおごとだけど、もう終わったことだ。ぼくはどうしてそれがいけないのかわからない。だって、ここはいちばんいい部屋なんだから」

そこだけは無邪気に、ジャンは言った。

ランプの灯りがゆらゆら揺れ、ジャンの頰《ほお》に影が浮かび上がる。

もしかしたら、この部屋を使うことこそが、ジャンの勲章《くんしょう》なのかもしれない、とマイアは思った。自分が奪った男の部屋を、そのまま自分の部屋にする。戦場で倒した敵から奪ったものを、誇らしげに飾る軍人のように。

アランもそうだったけど、男っていうのは、どんなに賢くてもずるくても、どこか無邪気なところがある。

「二年前。わたしは十八歳だったわ」

マイアは窓からの月明かりを浴び、なるべく昔のエリノアに近い表情を作った。

「あのとき、ジャンが――初恋のあなたが、学校から帰ってきたとき、おとうさまが呼び止めるのを聞いたの。秘密の話があるから、誰にも知られないように部屋に来てくれって。わたしはどきどきしたわ。きっと、結婚の話をするんだろうと思って。いったんはあきらめたし、やめたほうがいいんだろうとは思っていたけれど、わたしはやっぱり、その日を待っていたのよ」

「——そうエリノアが言ったのか？　そんなはずはない。ぼくはエリノアに手紙を書き、エリノアは返事をくれなかったんだから」

やや恨《うら》みがましく、ジャンは言った。

「返事を出さなかったのは、とめられたからなのよ。その人の言うことには従わなきゃならないと思ったから。——それでも待っていたのよ、心の底では」

マイアは言った。

「わたしはこの部屋に、誰からも見られないで隠れていられる場所があることを知っていた。昔はそこでおとうさまを待っていて、おどかして遊んでたわ。

だからその日、わたしは、先回りしてそこで待っていたの。そして、あなたがおとうさまと話すのを聞いたのよ。つまり——おとうさまがあなたに、あの株を返してほしい、って言ったこと」

「言っただろう。ぼくは、オーランドと賭けをして勝ったんだ」

ジャンはわずかに早口になった。

マイアは首を振った。

「株の一部を渡すことにはなっていたけど、その中にあの株は入ってなかった。おとうさまが手放すはずがないのよ。ちゃんと調べればわかるはずだわ。おとうさまは、あなたが書類をいじって、あの株をどさくさにまぎれて手に入れようとしていることに気づいて、指摘したのよ。そして、いま返してくれたら、警察には訴えないって約束したわ」

「――エリノアの妄想《もうそう》だ」

「いいえ。おとうさまは怒っていて、限界だったんだわ。これまでにもいろんなことがあったけど、娘の婚約者だから、隣人だからと見逃してきたのよ」

「ぼくはオーランドに気に入られていた」

「おとうさまがあなたの正体に気づかなかっただけよ。あの日もそう。あなたはとても紳士的だった。おとうさまをなだめるふりをして、おとうさまの頭に銃口をあてた。そして殺した」

マイアはゆっくりと言った。

はらり、と赤い何かが落ちたと思ったら、マイアの髪に挿してあった薔薇の花びらだった。

ジャンはじっと、マイアを見つめている。

大理石の灰皿から、ゆっくりと煙がたちのぼっていた。

「――あれは自殺だよ、マイア。オーランドには死ぬ理由があった。家は破産寸前。息子は事故で死んでしまったし、妻との仲もうまくいかない。頼みの娘はおとなしくて、金持ちの恋人を作るどころか、社交界でもぱっとしない」

静かな声で、ジャンは言った。

青い瞳にふたたび、得体《えたい》の知れない光が宿りはじめている。

「いいえ、理由なんてないわ。悩んでいたのは事実だけど、財産はまだあったし、いざとなればおじいさまを頼ることもできた。だけど、そばに破産を示す書類があって、あなたが嘘の証言をしたから、自殺として処理されてしまったのよ」

「エリノアが、そう思いたい気持ちはわからなくもないよ」

うっすらと笑って、ジャンは言った。

「言っただろう、エリノアは病気だったんだ。きっと今もそうだよ。あることないこと言いふらしているんだ」

「わたしがエリノアよ、ジャン」

「どっちでもいい。どっちにしろ、ぼくがオーランドを殺すことなんてできるわけがないんだ。この屋敷には使用人がいる。銃声がしたら、必ず人がかけつけるはずだよ」

「いいえ。この部屋の音は外には聞こえない。ピアノの練習をするために、部屋の音が漏《も》れないようにしてあるのよ。内緒で部屋に入って、おとうさまを殺したあと、こっそりと部屋を出てしまえば、あなたが疑われることはない」

マイアは言った。

ブランストン家にも、ピアノと読書のための部屋があった。

おそらく、ジャンはピアノを弾《ひ》かない。飾りとしておいているだけなのだろうけど。

「わたしは全部見ていたわ。あのときは、何が起こっているのかわからなかった。息をひそめて話を聞いていたら、パーンって音と、血の匂《にお》いがしたわ。覚えているのはそれだけ。おとうさまが倒れて、あなたがいなくなったとき、わたしも気を失ってしまったのよ。――メイドに数時間あとに助け出されるまで、ずっと、おとうさまの死体とともに」

マイアは、一息に言った。

雲の間からふたたび、うっすらと月の光が差し込んできていた。今日は雲が厚くて、月が出たり入ったりする。

エリノアの体験はレヴィンから聞いたことなのだが、話していると、自分が本当に経験したような気がしてくる。

ジャンはマイアを見つめている。

もう、マイアに反論しなかった。

瞳の光はますます強く、白目の部分を圧倒しはじめている。

「そしてわたしは、口をきけなくなってしまった。あのときのことを、少しずつ、やっと思い出しはじめたのは、あるとき、あなたの新聞記事を読んでからだわ。そのときはじめて、わたしは、ベッドソン鉄道の株があなたの手に渡ったことを知った。おとうさまの言葉の意味がわかったの」

「――だったら、告発すればよかったじゃないか。警察なり弁護士なりに行って」

「行けなかったわ。証拠はなにもなかったし、屋敷はあなたのものになっていた。おかあさまもとめたわ。おかあさまはすぐに再婚して、この家と縁を切りたがっていた」

「そう。証拠がないからね。ジャニーンは賢かったよ。たっぷりとお金をあげたら、それで納得した」

どこかぞっとするような響きで、ジャンは言った。

ジャンは、ふっと立ち上がった。

マイアはびくりとする。

触れられる距離でもないのに、一歩、あとずさりした。

「わたしはあなたに手紙を書いたわ。どうして返事をくれなかったの？」

「手紙を書いている間は、きみが警察に行くことはないだろうと思ったからだよ。どこかで手立てを講じる必要はあると思ったが、無視してやるほうが効果があるだろうってね。恋愛の妄想ってやつだ。きみはぼくのことを好きだったからね。冷たくされるほうが燃え上がる」

「それは嘘だわ。復讐《ふくしゅう》よ。あなたは、わたしがあなたの手紙に返事を書かなかったから、恨みに思っていたのよ。だから、同じことをわたしにしたんだわ」

マイアは言った。

ジャンは目をすがめた。

「──まあね。正直、それだけは不思議でしょうがなかったからね」

「あなたは意地悪だわ。でも、成功はしたのよ。あなたに手紙を書いている間、わたしはずっと、あなたのことばかり考えていた。あなたと会える日を——今日を、心待ちにしていたんだから」

「きみが思ったよりもエリノアと親しかったのはわかったよ、マイア。でも、わたし、なんて言うのはやめたほうがいい。——エリノアはどこにいるんだ？　ジャニーンと一緒に、屋敷に閉じこもっているんじゃないのか？」

「エリノアはわたしよ」

「さっき、自分でメイドだって言ったよ、きみは」

「ええ。でも、もしかしたらエリノアかもしれないわよ、本物の。あなたを油断させるために嘘をついただけなの。この髪の色と目の色に覚えはなくて？」

　マイアは言った。

　ジャンはマイアをじっと見つめる。

「——エリノアがどうして、そんな嘘をつく必要があるんだ」

「病気だからよ。好きな人が父親を撃ち殺すのを見て、錯乱《さくらん》してしまったの。それで、メイドのふりをして、あなたに近づいたのよ。あなたに真実を認めてほしくて。わたしはエリノアよ、ジャン」

　マイアは言った。

　ジャンは動きをとめ、マイアを見ている。

わずかに、自信が揺らいだようにも思えた。

嘘つきは他人を信じられない。自分が嘘つきだから、他人もそうだと思うのだ。

「仮にきみがエリノアだったとしても、きみの言うことなんて、誰も信じないよ」

「でも、わたしには知り合いがいるわ。レヴィンがいる。彼に頼んだら、違う結果になるかもしれないわよ」

「きみはレヴィンとはまだ、それほど親しい仲じゃない。ただ偶然知り合って、連れてきてもらっただけだ。さっきそう言ったじゃないか。きみはいま、たったひとりなんだろう」

ジャンは何度も、きみはひとりだろう、と確認した。

どうしてなのかしら、とマイアが思っている間に、ジャンは書斎机のいちばん上の引き出しを開けた。

手をつっこみ、自然に出す。

右手には、鈍《にぶ》く光るピストルが握られていた。


なによ、これ——。

マイアは目をぱちくりさせ、ジャンの右手にあるものをしげしげと見た。

ピストル。

もちろん知ってはいたが、実物を見たのははじめてである。

銃身は細く長い。少し赤みがかったような銀色が、ジャンの両の手のひらから出て、マイアを狙《ねら》っている。

……やりすぎたのかしら。

わたしはレヴィンの言うとおりにしただけなんだけど──いや、もちろん自分なりのアレンジをきかせはしたけれど、こんなことは想定してなかった。

銃口がこちらを向いている。

これまでの人生になかった危機だというのに、落ち着いている自分が不思議である。

ということは、わたしは成功したのだ。

証拠がない以上、彼が自分から認めるのを待つしかなかった。

「おまえがエリノアか、そうじゃないかなんてどうでもいい。──俺が、何もしないと思っていたのか？」

ジャンはまっすぐにピストルをかまえたまま、うすく笑った。

なんだか慣れている、とマイアは思った。むしろ、舞踏会にいたときよりも様になっている。

危機だということはわかっているのに、頭の半分は冷めている。冷めながら猛然《もうぜん》と働いている。

「わたしを──殺すの？」

「あいにくだが、そうするしかない。しつこい手紙をよこしたあげく、招待状なしに舞踏会に来たのはおまえだ。あきらめるんだね。殺されるやつってのは、だいたい自業自得《じごうじとく》なもんだ」

「おとうさまのように?」

「そうだ」

ジャンは認めた。

書斎机の上に置いてあるランプの光が、ゆらゆらと揺れた。月は雲に隠れている。

ジャンの瞳は残酷な喜びに輝いている。

指は引き金にかかっているが、まだ撃鉄を起こしていない。——この男はもう少し、わたしをなぶるのを楽しむつもりだ。

「あなたはおとうさまを殺した。書類を改ざんした。それから——おとうさまを、イカサマの博打《ばくち》でだましたのね?」

舌がこわばりつくまえに、マイアは早口で言った。

レヴィン、早く来て。でもその前に。

彼に話させろ。思い出話を。

もっと。

ジャンはおかしそうに、肩をすくめた。

「だましたなんて人聞きが悪いな。ぼくの友だちと一緒に楽しんだんだ。オーランドは紳士だったからね。世の中の厳しさを教えてやったんだよ」

「わたしを殺して、どうするの？」

「あの薔薇園に埋めてやる。誰も不思議に思う人間はいないさ。おまえは、たくさんの仲間とともに朽《く》ちることになる」

ジャンの親指が、撃鉄にかかった。

マイアが体をすくませる——同時に、ジャンのうしろに影がさす。

そして、かちゃり——と、扉が開いた。

「——よかった。ようやく聞けましたよ。証拠がなにもないので、実証できないと思っていました」

レヴィンはごく自然に、部屋の中に入ってきた。


レヴィンはまるでジャンの友人であるかのように、ふらりと扉からジャンに近づいていく。

マイアは目をむいた。

レヴィンがとなりの部屋で様子をうかがっていたことと、なぜか鍵を開けることができるというのは、もちろん知っていたが。

レヴィンは、マイアを部屋に入らせるまえに断言していたのである。

心配要《い》らない。何が起こっても守るから、好きなだけジャンを挑発しなさい、と。

ジャンはピストルをマイアに向けているが、レヴィンの手にはなにもない。

この状況で、なんで丸腰なわけ⁉

ジャンが、撃ってくるかもしれないじゃないの！

レヴィンが入ってきて、ジャンの視線が逸《そ》れた数秒の間に、マイアは長椅子のうしろに駆け込んだ。こんな楯《たて》でもないよりましだ。

ジャンは目を見開いていた。長椅子のうしろのマイアをうかがいつつ、レヴィンと向き合っている。

ジャンは銃口をマイア、レヴィンの交互に向け、マイアに向かって叫んだ。

「ひとりだって言ったのは嘘だったのか！」

「あたりまえよ、さもなきゃあんなこと言えるわけないでしょ！」

マイアは思いきり言い返した。

そもそも人殺しに嘘つきよばわりされる覚えはない。

まあまあ、とレヴィンが、状況にそぐわないおだやかさでやりとりの間に割って入る。

「ウェブリーですか、ジャン。なかなか渋《しぶ》い拳銃だ。父親の形見ですかね。ぼくはあなたと話をしたいんですが、下ろしてもらうわけにはいきませんか」

ジャンに近づきながら、レヴィンはにこやかに言った。

ジャンはピストルをレヴィンに向けたまま、答えなかった。青い瞳がぎらぎらと輝き、銃口が揺れる。

「オーランドの頭を撃ちぬいたのは、デリンジャーだった。ちょっと旧式のね。確かに小さくて撃ちやすいけど、オーランドには銃を集めるような趣味はなかったから、いったいどこから持ってきたのだろうと不思議に思ったもんです」

「――黙れ」

ジャンは覚悟を決めたらしかった。かちゃり――と音をさせて、撃鉄を起こす。

レヴィンの目が細まった。

「撃つなら撃ちなさい、ジャン・ウォートン。いま撃てばあなたは紛《まぎ》れもない殺人者だ」

レヴィンはジャンに近づいた。

ジャンの唇《くちびる》から、聞いたこともないような、うなるような声が漏れた。

「――違うな。俺は、勝手に部屋に入ってきた男を強盗と間違えて撃っただけだ」

「まだそんなことを言いますか」

レヴィンは、うすく笑った。

「ぼくは貴族ですよ。撃ったら大変なことになります、ジャン。裁判になったら、エリノアが訴える事実に耳を傾ける人もいるでしょう。あなたがオーランド・バークレイをだまして殺し、彼の屋敷と財産を奪ったことが明らかになりますよ。――銃を置きなさい、ジャン」

「俺は何も知らない。おまえは何を言っているんだ？　俺はずっと、頭のおかしな女に脅《おど》されてたんだ」

「おや？　さっき、あなたは二年前の犯罪をはっきりと告白していましたが？」

「――何を言ってるのかわからない」

「あなたにわからなくても、聞いていたんですよ。聞こえるところがあるんです。さもなきゃ、ぼくがタイミングよく入ってきたことの説明がつかないでしょう。いまだって全部見られているんです」

レヴィンはゆっくりとじゅうたんを踏み、ジャンに近づいた。

声には余裕があったが、目はけしてジャンから逸らさない。

ジャンはマイアには注意していなかった。

マイアはそろそろと長椅子から移動した。

長椅子の向こうに、扉がある。

閉じているけど、レヴィンが入ってきたから鍵はかかっていないはず。

扉の向こうには誰かいるはず。

「そんなことがあるわけがない。この部屋の音はどこにも聞こえないんだ」

自分をふるいたたせるように、ジャンは言った。

レヴィンは両手を広げた。

もう、ジャンとレヴィンの間にほとんど距離がない。銃口はレヴィンの胸に向いている。

「だから、もっとマイアの話を注意深く聞いていればよかったんです、ジャン。マイアはこう言ったはずだ。オーランドが死んだとき、誰にも知られないで、隠れて話を聞いていられる場所があった、とね。つまりそれは、あの書棚の奥なんですが」

「——書棚——?」

「あなたはあのあたりの古い本には注意を払わなかったんでしょう。あの書棚の右側にね、隣の部屋からの覗《のぞ》き窓があるんです」

ジャンを見つめたまま、レヴィンは言った。

ランプの灯りに照らされて、ジャンの額《ひたい》に汗がにじんでいるのが見える。

「隣の部屋からは空の洋服ダンスにしか見えませんがね。洋服ダンスの背板をはずすと、本の隙間《すきま》からこの部屋が見えるし、声も聞こえるってわけです。貴族のちょっとした遊び心ですよ。エリノアは二年前、そこからあなたたちの話を聞いていたわけですが——いま、その洋服ダンスの扉が全開になっています」

「洋服……ダンス……?」

マイアは長椅子のすみまで行くと、しゃがんだまま、ドレスを両手でたくしあげた。

ふとももがまる見えで、ガーターベルトまでむき出しになるが、知ったこっちゃない。

ジャンはいま、マイアにはまったく注意していない。

「向こうの部屋で、みんなであなたの告白を聞いていたんですよ、ジャン」

ものわかりの悪い、幼い子どもに言い聞かせるように、レヴィンは言った。

「通りがかりの人にも来てもらってね。みなさん、興味深そうに見てくださいました。さすがに、銃を出したあたりでは困っていたようでしたが——」

「——なんだと……」

マイアは深く息を吸い込むと、身をかがめ、一息に扉まで走った。

ジャンがこちらを見た。銃口がレヴィンからずれる。

マイアは扉のノブに飛びつきながら、振り返った。

ジャンの瞳に、激しい光が燃え上がる。

動物のような瞳だと思った。全身にふるえが走り、体が固まった。

ジャンはためらわなかった。引き金に指をかける。

——だめ、撃たれる！

なんでわたし、振り返っちゃったんだろ。

人生の最後に、こんな顔見たくなかった——。

マイアが一生の反省と後悔をする寸前に、がしゃん！　という音がして、部屋の中が真っ暗になった。

ランプが落ちた。レヴィンが叩《たた》き落としたのだ。

同時に、パン！　という銃声。そして、がつっ、と、体と体がぶつかりあう、鈍い音がした。

マイアが見たのは、月明かりに照らされたレヴィンの顔。

ランプの灯りは消えていたが、雲の間からは月が出ていた。

レヴィンはわずかな機会を逃がさなかった。右手が、ジャンの手の先にある銃身を握っている。

銃口は硝煙《しょうえん》をあげていたが、撃った先はマイアでなく、長椅子の向こうの床である。

ジャンはもがいたが、レヴィンは放さなかった。ジャンがレヴィンをふりほどこうとする拍子《ひょうし》に、靴が脱げて床に転がった。

右手首と握りこんだ指を押さえられて、ジャンの手から、ぽろりとピストルが落ちる。

落ちたピストルを、レヴィンはすばやくつま先で蹴飛《けと》ばした。ピストルは床の上をすべっていき、長椅子の前で止まる。

「――な、何をする！　放せ！」

ジャンがわめいた。

レヴィンはジャンを押さえこみ、彼の両手をうしろ手に拘束している。

「――放せ！　ぼくを――ぼくを、誰だと思ってるんだ！」

「無駄です」

レヴィンは静かに言った。

マイアはよろけながら、扉を大きく開いた。

廊下には、アンジェリカ、ベックス、そして、ほかにも数人が立っていた。


使用人たちは部屋の中を見つめ、ぽかんとしていた。

目の前で起こっていることが事実か、何かの余興《よきよう》か、よくわからないようである。

ただひとり、ベックスだけは、すべてを理解しているようだった。

ベックスの蝶《ちょう》ネクタイは曲がっていた。黒髪が乱れ、憔悴《しょうすい》している。さきほどまでの完全な使用人ぶりが嘘のようだ。

間を縫《ぬ》うようにして、アンジェリカが、そっと部屋の中に入っていった。

「――アンジェリカ」

ジャンは、ほっとしたように言った。

さきほどとはまるで違う声だ。

アンジェリカは部屋を見渡し、体をかがめて、落ちているピストルを拾った。

ジャンはレヴィンに両手をいましめられたまま、アンジェリカを見つめ、泣きそうな声で訴えた。

「アンジェリカ！　ぼくが無実だと証明してくれ。こいつは嘘つきのメイド――いやエリノア――どっちでもいいんだ！　おまえだって言ったじゃないか。変な女が脅してくるなら、金をやって黙らせろって！　過去になにがあろうと、自分だけは、ぼくの味方だって。ぼくはおまえに従っただけだ！」

アンジェリカはジャンの前に進み出る。

そのまま近づき、そっと唇にくちづけした。

右手には銃を持ったままである。

誰もとめることができない、すばやいキスだった。アンジェリカの赤い唇が、毒の蜜《みつ》をたたえた花のように、ジャンの乾いた唇を吸いとった。

ジャンは目を開いたまま言葉をとめ、キスを受ける。

唇を触れ合わせたまま、惚《ほう》けたようにアンジェリカの顔に目をやる。

アンジェリカは唇を離した。

そのまま両手を伸ばし、ピストルをジャンの額につきつける。

月の光を浴びて、長いまつ毛の端がうっすらと濡《ぬ》れているのがわかる。青いドレスにつつまれた体は、女神のように美しく、気高《けだか》かった。

アンジェリカはピストルを両手でかまえ、ジャンと向かい合っている。

誰も身動きできない。空気が凍りついている。

ジャンは目を見開き、信じられないものを見たかのように、恋人の美しい顔を見つめていた。

アンジェリカの指が、撃鉄に触れる。

かちりと——静まり返った部屋の中に、金属のこすれる音が小さくひびいた。

指が引き金にかかる。

「——アン……よせ」

レヴィンが言った。

マイアははじめて、レヴィンの余裕のない声を聞いた。

アンジェリカは引き金から指を離すと、手を下ろした。

銃身を握りなおすと、右手を横にふる。

パシン！　という乾いた音がひびいた。

アンジェリカは固い銃の持ち手の部分で、ジャンの横面《よこつら》をひっぱたいた。

うぐっ、とジャンから、うめき声が漏れる。右の頬《ほお》が腫《は》れ上がり、唇のはしから血が飛んだ。

「せめて、婚約者の顔くらい覚えておいたらどう」

アンジェリカ——エリノアは冷たい声で言い放った。

父親を殺されたことより、そちらのほうを怒っているようだった。

レヴィンは、廊下で待機していたヘイルに、ジャンの身柄《みがら》を渡した。

「ジャンさま……。あなたが、バークレイ氏を殺したなんて……」

かたわらにいたベックスは呆然《ぼうぜん》とつぶやき、小さな声で付け加えた。

「ご相談してくれていれば、よかったのに。悔しくてなりません」

そこにいた誰かが、客たちの中から警察の関係者を呼んできたらしい。階段の向こうがだんだんさわがしくなってくる。

ベックスの目は赤かった。涙とともに、使用人としての務めを果たせなかった無念がにじんでいる。

「あいにく紳士じゃないんだよ、俺は」

吐き出すように、ジャンは言った。

顔を赤く腫らし、自慢の金髪は乱れている。眉の形まで崩れていた。靴が脱げたあとの下衣がやけに長くて、床に裾《すそ》をひきずっている。頭半分、背が低くなり、貴公子然とした美貌《びぼう》の見る影もない。

「存じておりました、ジャンさま」

ヘイルに右手をいましめられたジャンは、一瞬、ベックスをまじまじと見つめた。

それから、ベックスから目を逸らせ、絞《しぼ》り出すように命じる。

「舞踏会を続けろ。今日のために準備をしてきたんだ。客たちに失礼があってはならない」

「かしこまりました」

ベックスは低い声で答え、連れられていく主人のうしろ姿を見送った。


あんなことがあったというのに、舞踏会はまだ続いていた。

ベックスが主人の最後の命令を果たすために、あちこちに言い含めているのかもしれない。

マイアはレヴィンの手を借りて、階段を下った。さすがに足ががくがくしていて、ひとりではいられそうになかった。

客たちは、何かあった、とは感づいているだろうが、この舞踏会の主催者が殺人罪で捕まったとは思ってもみないのに違いない。

オーランド・バークレイから地位と財産を奪い取ったジャン・ウォートンが、最後に望んだのがこの、華やかな舞踏会だったと思うと、なまめかしい音楽と会場の熱気が、急に空疎《くうそ》なものに思えてくる。

——ウォートン家だって、けして貧しい家ではなかったのに。

「——怪我《けが》してるわ、レヴィン」

マイアは言った。

レヴィンの頬には、ひっかいたような傷がついている。ジャンともみあったときについたものに違いない。

マイアはレースのハンカチをレヴィンの頬に押し当てた。

レースについた赤い血を見て、レヴィンは不快そうに眉をひそめた。

「失態だな。いきあたりばったりだったわりにはうまくいったと思っていたのに」

マイアとレヴィンは、踊る男女を横目で見ながら歩いている。いくらなんでも、これから踊る気にはなれない。

「傷はすぐに消えるわ。この程度ですんでよかったわよ」

「ジャンは実戦《じっせん》には弱いと踏んでいたんだよ」

「撃たれたらどうするつもりだったのよ」

「撃たないし、撃ってもかまわなかったがね」

レヴィンはほほえんだ。

「言い忘れていたが、マイア。そのドレスは特別製でね。鉄の鎖《くさり》が入っているんだよ。ジャンがピストルを使うというので思いついたんだが、アンジェリカには着られない。凹凸《おうとつ》が激しすぎてね。だから替え玉を探したんだ」

マイアは思わず、自分の平らな胸を見下ろす。

……つまり――。

「――まさかと思うけど、それが採用の決め手とかじゃないでしょうね」

さっきよりも表情をけわしくして、マイアは言った。

骨格が大事だとかなんとか言ってなかったか？　この男は。

胸の凹凸に骨格は関係ない。

「気づいたのか、マイア。新人にしては上出来だ」

レヴィンはにやりと笑った。

マイアはレヴィンをにらんだ。

「五ポンドじゃとても足りないわよ、レヴィン」

怖かったとか、生きててよかったとか、助けてくれてありがとうとか――。

言うべきことはたくさんあると思うのだが、思いついたのがこれというのは、ちょっとレヴィンに申し訳ないような気もする。

6 祝・就職

「――わたくし、二年の間、この日を待ってたのよ」

アンジェリカの声が聞こえたので、マイアはふりかえった。

マイアは屋敷の中の、誰もいない庭の小道にいる。

レヴィンから、忘れものがあったので待っててくれ、と言われたのである。

ヘイルが馬車を出すのをぼんやりと見ているのもなんなので、ひとりで庭に出ると、屋敷からアンジェリカ――エリノアが出てくるところだった。

厩《うまや》に近い庭は、馬の匂《にお》いが残っているせいか、誰も来ない。

さすがに疲れていて、やっとひとりになれた、とほっとしていたところだったのに、アンジェリカが来るとは思わなかった。

「二年前から、ずっと計画していたの？」

マイアは尋《たず》ねた。

アンジェリカ――エリノアは、あんなことがあったのに疲れを見せていなかった。

名前と姿を変えても、さすがに貴族、といえるかもしれない。人目があるところでは常に自分を保っている。

「計画をしたのはずっと後だわ。おとうさまが亡くなってから、最初の半年は入院していて、それから半年は、ジャンに手紙を書くのに忙しかったし」

マイアはエリノアを見た。

「どうして、手紙を書いたの？」

それが、マイアにとってはいちばん不思議なことである。

何回も、何回も、返事がないのに書く手紙。父親を殺した初恋の人に。

「愛していたからよ。ずっと好きだったけど、二年の間はもっと、彼に焦がれていたわ。わたくしは、あなたがわたくしの父を殺したことを知っています、エリノア・バークレイ。本当のことを教えてください、エリノア・バークレイ。あなたを愛しています、エリノア・バークレイ。わたくしはなにもかも知ってるのよ。見たんだから。このことを警察に言ったら、あなたはただじゃすまないわ、エリノア・バークレイ。――もう、自分でも何が真実なのか、何を書いたらいいのかわからないくらい」

それを、無駄な片想いっていうんじゃないのか――。

そう言おうかと思ったが、言わなかった。

自分だって、アランに手紙を書こうと思ったことがあったからである。あんなにひどい目にあったというのに。

「ジャンは、あなたからの手紙が、うっとうしいようだったけど、安心していたみたいだわ。手紙が来る間は、警察に行くことはないだろうって。恋愛の妄想《もうそう》には、無視してやるほうが効果があるだろうって。——自分は、オーランドを殺しているのにね」

マイアは言った。

エリノアは、くつくつと笑った。

「馬鹿ね。——ううん、賢いわね。ジャンっておかしな人だと思わない？　男の人って、自分のことを好きでいた女は、ずっと自分を好きだって思い込んでいるみたい。たとえ、どんなにひどいことをしても」

「それはあるかも」

マイアはそれだけは本音でうなずいた。

アランもそうだった。最後に別れるときにちょっと未練ありげに、ぼくの幸せを祈っててくれ、とかなんとか言ったのだ。

祈るわけないでしょ！　と呆《あき》れつつ、そんなアランを嫌いになれない自分も馬鹿である。

「計画は、レヴィンがたてたの？」

マイアは尋ねた。

「そうよ。レヴィンはわたくしに、ドレスを買ってくれた。きみは男の勲章《くんしょう》になれる女性だから、エリノアであることを伏せて、ジャンに近づけって言った。彼の恋人になって、周辺を探れって言ったのよ。そういうことが好きなのよ」

「よく気づかれなかったわね、ジャンに」

「気づかれてもよかったんだけどね」

　エリノアは、少し寂《さび》しげに笑った。

　替え玉をやっていたからだけでなく、マイアはエリノアに、友情に似たものを感じている。おかしなものである。もとメイドと、貴族の令嬢なのに。

　もしかしたらアンジェリカも、マイアに、ちょっと苦い恋の経験があることを見抜いているのかもしれない。

「背がのびて、髪の色が変わって——なにより、あんなことがあれば、雰囲気《ふんいき》も変わるわ。ジャンの好みを調べて、つてをたどって社交界に入って、せっかく恋人っぽくなったのに、ジャンはまったく尻尾《しっぽ》を出さなかった。いいかげんイライラしていたら、レヴィンが別の手を考えだしたの。つまり、エリノアを彼に会わせてみよう、って。エリノアそっくりの替え玉をね。しかも、彼の晴れ舞台である舞踏会で」

「——わたしのことね」

　マイアは低い声でつぶやいた。

「そうよ。エリノアだって言っても違和感がない、ちょっと垢抜《あかぬ》けなくて、社交に慣れていない、でも人見知りしない、会話ができて勘《かん》のいい子を探すのは大変だったわ」

「あの求人、料理がどうとか掃除がどうとかあったけど」

「そりゃ、替え玉お願いしますとは書けないでしょ。メイドだと思ってたくさんの子が応募してきたけど、みんな怖がりなうえ、真面目《まじめ》すぎたわ。あなたは面接で、わたくしとレヴィンの意見が一致した、はじめての女の子だったのよ」

垢抜けないとか、不真面目だとかいう理由で自分が合格したとは知らなかった。

マイアだって普通の女の子なのだが、失恋と失業のやけくそで、なんでもやる気分になっていたところが誤解されたらしい。

——って、ん？

「——面接？」

マイアは尋ねた。

面接とは、クレセント事務所で採用されたときのことだろうか。

あのときはヘイルと、レヴィンとしか話してないと思うけど——。

マイアはまじまじとエリノアを見つめ——それから、思わず叫んだ。

「——エリノア、もしかして……あなた、アリス!?」

「あら、気づいてなかったの？」

エリノアは、さらりと答えた。

唇《くちびる》は濡《ぬ》れたように赤く、まつ毛は、くるんと上を向いてはいないけれど……。

アンジェリカを見たとき、見たことのあるような美人、と思ったのは間違いじゃなかった。

頭の中でドレスと髪型を変えて、顔色や目の形を変えてみれば、そこにいるのは妖艶《ようえん》な美女のアンジェリカ・リーではなくて、面接のときにたまたま話した、仕事のできそうなアリス・ブラウンである。

「——まったく気づかなかった……」

マイアは呆然《ぼうぜん》とつぶやいた。

観察眼があるとかレヴィンに言われたけど、これじゃジャンを笑えない。

「服を変えて、お化粧したからよ。たまにアリスになるのよ、わたくし」

エリノアはけろりと言った。

「お化粧のせいなの？」

「そうよ。あなたも覚えるといいわ。年寄りが化粧に反対するのは、若い美人が化粧なんかしたら、自分たちがますます勝てなくなるせいだと思う」

「——覚えるわ」

決意をこめて、マイアは言った。

少なくとも、まつ毛をくるんとさせる方法は教えてもらおう、と思う。

エリノアの瞳《ひとみ》がふっと、夢見るようなものになる。

「わたしに、もっと着飾れって言ったのはレヴィンよ。レヴィンが、わたくしが美人だって言ったの。背中を丸めるな、背が高いのは美点だから背筋を伸ばせって。わたくしはレヴィンに従ったわ。ジャンに近づくためならなんでもできた。あんなに引っ込み思案《じあん》だったのが嘘《うそ》みたいね」

きみは美人だ。そう信じろ。

レヴィンは誰にでもそう言うのね。

エリノアに限っては、それは事実であるわけだが……。

「何も知らないわたしを替え玉に仕立てて、ジャンが口を割ると思ってたの？　エリノア」

マイアは少しためらったあとで、尋ねた。

さっきから、ずっと考えていた。

あまり知りたくないことである。

エリノアとレヴィンの目的が、ジャンに話させることではなくて、殺させることだったのかもしれない――なんてことは。

ピストルをつきつけられたとき、レヴィンはぎりぎりまで現れなかった。

そんなはずはないが……ないと思うが、レヴィンは本気で、マイアを撃たせるつもりだったのかもしれない――と、思うのである。

鎖入《くさりい》りのドレスを着てたって、頭や手足を撃たれることだってあるではないか。

レヴィンは、ひょっとしたら、マイアが死んでもいいと思っていたのではないか？

もしジャンがマイアを殺したら、その場で殺人者として引っ張れるから。ジャンが言っていたとおり、マイアなら誰とのかかわりもない、ひとりだから。

二年前の、証拠のない殺人で引っ張るよりはよほど確実だ。


エリノアは、首を振った。

「そこまで期待してなかったわ。ジャンを焦《あせ》らせたかっただけなの。客の中には警察や司法関係の人もいるし、たとえ証拠がなくても、エリノアに過去のことを喚《わめ》きだされたら評判にかかわるでしょう。ジャンはなんでも周到《しゅうとう》に用意するけど、あれで、突然の出来事に弱いのよ。弱ったところにわたくしが入り込んで、うまく尋ねれば、過去の出来事を打ち明けてくれるんじゃないかって思ってたの。証拠がないなら、告白させるしかないんですもの」

「それは成功したんでしょ」

「ううん。肝心《かんじん》なことは言ってくれなかったわ」

「プロポーズされたくせに」

エリノアはマイアを見て、おかしそうに笑った。

「知ってたのね。そうね、それは成功かもね。笑いがとまらなかったわ」

「彼が言っていたもの。わたしも笑いそうになったけど」

マイアは言った。

本当は一緒に笑いたいが、いやでも皮肉っぽい声になる――わたしって、こんな人間だったかしら？

もはや、もとの純朴《じゅんぼく》なメイドに戻れるかどうか、自信がない。

エリノアは肩をすくめた。

「あなたが考えてることはわかるわよ、マイア。一連のことを、最初から言ってほしかったとか、関係ないのに怖い目にあわせるなとか、そういうことでしょ。でも、仕方なかったと思わない？　あなたがどの程度やれるか、わたくしたちにはわからなかったんですもの。それに、レヴィンはジャンの部屋に行くまえに確認したはずよ。危険かもしれないって。彼は人を試すことはあっても、だまして陥《おとしい》れることはしないわ」

「レヴィンは冷酷だし、何を考えているかわからないわ。わたしは勢いでなんでもやっちゃうところがあるから、それを見越していたのかもしれない」

エリノアは真顔になって、反論した。

「わかりにくいと思うけど、レヴィンはすごく優しいわよ。あなたを気にかけてたし、守っていた。信じるか信じないかはあなたの勝手だけど」

「とてもそうは思えないんだけど」

優しいという言葉が、これほどしっくりこない男も珍しい。

エリノアはほほえんだ。

「ならば、もう関《かか》わらなければいいわ。そのほうが安全よ。あなたには才能があるから、もったいないけど」

「――才能って？」

「わからないとは言わせないわよ。ジャンを追い詰めるときのあなたは生き生きしてた。レヴィンは、わたくしにはできないと思ったんだわ。だから替え玉が必要だったんでしょう」

最後の言葉を言うとき、エリノアは少しだけ悔《くや》しそうだった。

マイアは答えることができない。月がかげってあたりが暗くなる。

道の向こうから、漆黒《しっこく》の王子のようなレヴィンがゆっくりと歩いてくるのが見えた。


「遅かったのね、レヴィン」

エリノアは言った。

心なしか、マイアに対するより声が華やいでいる。

エリノアはレヴィンに対して、恋愛感情、とも言い切れないような、尊敬に近い気持ちがあるようだ。

「薔薇園《ばらえん》の跡地を掘ってみる必要があったからね。ロンドン警察の警部が来るようだから、進言しておいた」

レヴィンは言って、歩きだした。

エリノアはいそいそとレヴィンのとなりを歩く。マイアがなんとなく反対側にまわると、レヴィンを中心にして三人で歩くことになる。

……なんだか、美貌《びぼう》の男を女ふたりでもてはやしているみたいで、あまりいい気分はしないんだけど。

「薔薇園の跡地？」

マイアが尋ねた。

レヴィンがうなずいた。

「きみに銃口を向けたとき、ジャンが口走っていただろう。薔薇園で、仲間と一緒に朽ちろってね。どうもジャン・ウォートンのまわりには死人が多い。ショーン・バークレイ然《しか》り、ウォートン夫妻然り。失踪《しっそう》した賭け仲間も何人かいる。ジャニーン・バークレイ夫人が娘に何回も、ジャンには関わるな、警察にも行くな、すべて忘れろ、と言ったのは、娘に関心がないからではなくて、うすうすそのことに感づいていたからじゃないのかね」

エリノアは足をとめ、まじまじとレヴィンを見つめた。

顔が青くなっている。

「——ジャンが、おにいさまを殺したって……。おとうさま以外の人も、手をかけていたっていうの？」

悲鳴をこらえているような声で、エリノアは言った。

レヴィンは哀《あわ》れむような瞳で、エリノアを見た。

「さあ。それは、これから警察がときあかしてくれるだろうよ。あるいは、最近流行《はや》りの探偵作家か。ロイ・カルヴァート——彼も今日、来ていたみたいだね。例のメイドの助手はいなかったけど。ぼくは彼女と会って、メイドというものへの見方を変えたんだよ」

「そんなの……わたくしは、信じない」

「だったら、行ってみればいい。見送りはいらないよ、エリノア」

レヴィンはあっさりと言った。

ことの重大さと比べると、いささか冷たいんじゃないか、とマイアが心配になるくらいに。

エリノアは一瞬唇をかみしめ、何も言わないできびすを返した。

ウォートン家の荒れた庭——オーランドの部屋から見下ろせる薔薇園へ向かっていく。

どこからか、ぞっとするようなヴァイオリンの音が聞こえてくる。

まだ舞踏会は続いているのだ。

マイアはジャンの、最後の命令を思い出した。

舞踏会を続けてくれ。踊り続けてくれ。

ベックスはいま、主人の最後の頼みを必死になってかなえようとしているのに違いない。

レヴィンはふたりきりになると、マイアに目を移した。

自然に腕を差し出す。

まるで、舞踏会を抜け出して散歩を楽しむ恋人同士のようである。

「では行こうか、マイア。きみの仕事は最高だったよ。これからきみが望むなら、ぼくは事務所の部屋を提供し、きみは週給三ポンドで、クレセント事務所の事務員になる」

マイアは立ちつくしたまま、じっとレヴィンの腕を見つめた。

「――行かなかったら?」

マイアは尋ねた。

レヴィンはほほえんだ。

「ここで終わりだ。半月分の六ポンド、特別報酬五ポンド。これを三倍にして、きみの口座にふりこんである。ドレスはみんなきみにあげよう。きみの人生はこれから始まり、ぼくとは今後、永久に交わらない」

マイアはレヴィンを見た。

合計三十三ポンド。大金だ。

それだけあれば、数カ月は暮らせる。もっといい宿に移れる。腰をすえて仕事を探すこともできる。

レヴィンはなにもかもわかっているのだろうか？　それとも何も考えないで、ただ、わたしのいろんな反応を試して、面白がっているんだろうか？

マイアは、自分の好奇心がうらめしい。

エリノアに言わせれば、才能が、

幸せというものは、もっと別の道の先にあるような気もするんだけど。

「行くわよ、レヴィン」

マイアはレヴィンの腕をとった。

レヴィンはにっこりと笑った。

マイアはレヴィンにエスコートされながら、ゆっくりと馬車に――八番街のクレセント事務所に――向かって、歩きだす。

あれこれ考えてもどうにもならない。仕事であるからには、なんでもやらなくてはならない。

仕事なんだから、いやなことを我慢して、頑張って――。

マイアはとにかく、幸せになりたいだけなのである。

第二話

わたしの愛する泥棒

1

「これで荷物はすべてですか、ミス・マイア・クラン」

マイアが案内されたのは、思っていたよりもきちんとして、住みやすそうな部屋だった。

ロンドンのウイルスコット通り八番街、クレセント事務所——。

ごく普通の入り口の狭い建物だが、奥行きがあるので、見た目よりも部屋がたくさんあるらしい。

マイアに与えられたのは三階だが、屋根の梁《はり》も見えていないし、窓は通りに面しているので、通りの人たちがよく見える。ロンドンの中心街からは外れているが、近くに公園があるので、たまに着飾った男女が歩いていたりして、悪くない眺めである。

狭いながらもちりひとつなく、シーツやカーテンも清潔だ。出窓になっている窓際《まどぎわ》の上には花びんがあり、小さな白い花が飾られていた。

事務所長の秘書で、この家のただひとりの使用人であるヘイルが、マイアが来るにあたってわざわざ摘《つ》んだのだと思うと、ちょっとうれしくなる。

「ええ、それで全部よ。ベッドの上においてくれる？　ヘイル。あとはわたしがやるから」

マイアは、階段を昇ってきたヘイルに向かって言った。

ヘイルはいくつかのドレスと靴と帽子のケースを、ていねいにベッドの上に置いた。

クレセント事務所で正式に働くことを決めて数日、ついにそれまでいた宿を引き払ってきたわけだが、荷物は大きめの旅行かばんひとつだけだ。ヘイルが運んできた衣装のほとんどは、最初の仕事のとき、事務所のほうであつらえてもらったものである。

住み込みなのはありがたい、とマイアは思った。女の子がひとりで暮らすなんて考えられないし、安宿で暮らす期間が長くなればなるほど評判が落ちるような気がする。

個室をもらえるなら、掃除でも料理でもなんでもやる。得意ではないが。

……まあ、掃除や料理だけですむわけがないんだけど。

週三ポンドは、メイドの給料としては高すぎる。

というか、全体的に大雑把《おおざっぱ》すぎる。

三とか五とか、相場を考えないで適当に数字を並べたみたいだ。

週三ポンドなら、普通なら一日八シリングとか、週に六十シリングとか言うと思う。庶民《しょみん》はあまり、金額をポンドで示さない。

マイアには、この事務所が何をするところなのか、いまいちつかめていない。

「ミス・マイア、落ち着かれましたら下の事務室にお越しください。さっそくですが、仕事の依頼がありますので」

仕事の依頼――。

ヘイルの言葉に、マイアはちょっと緊張する。

アンジェリカには才能があると言われ、マイアも、よくわからないけど自分は窮地《きゅうち》に陥《おちい》ったときにやたら落ち着いているようだ、と自覚したが、いきなり何かをやれと言われてできるものではない。

まあいいか、とマイアは気持ちを切り替えた。

失敗したって、もとの職なし、宿なしに戻るだけだ。

前と違って貯金もあるしね。

貯金は前回の仕事の報酬で、一日分としては大金だったが、それだけの働きはしたので引け目に感じることもない。

「レヴィンは？」

マイアは尋《たず》ねた。

レヴィンは事務所の所長だが、馬車が着いたとき、出迎えたのはヘイルだけだった。

レヴィンはまだ出勤してないのか――そもそも通いなのか、ここに寝室があるのかもわからないけど――にしては、建物の半地下に黒光りする車が置いてあった。

ヘイルはやや神経質なしぐさで、胸もとから懐中時計を出した。

「もうすぐいらっしゃると思います。昨夜は、こちらの地下にお泊まりになられました」

マイアは横から時計をのぞきこみ、目をぱちくりさせた。

午前十一時である。

「もうすぐってどういうこと？」

「レヴィンさまは寝起きがよくないのです。あと一時間は出てこられないでしょう。眠りが足りないと扱いにくく……つまり、いろいろと効率が悪くなるので、そこをお考えになって、時間の配分をされるとよろしいと思います。時計はお持ちでは？」

「持ってないけど……」

「私の手落ちでございました。すぐに婦人用の懐中時計を手配いたします。朝は仕事のお話をなさらないことをおすすめします」

朝っていっても、もう十一時ですけど。

レヴィンはフランスの貴族か！　と言いたくなるが、そうですが何か？　と普通に答えられそうで洒落《しゃれ》にならない。

「仕事の依頼って、なんなのかしら。――わたしあて、ってことはないわよね」

「依頼人からのお手紙でございます。手紙を開封し、または依頼人とお会いになり、レヴィンさまに代わって内容と方針を判断されるのも仕事のうちでございます、ミス・マイア・クラン。これまでは私が行っておりましたが、ミス・マイアにこれらの事務をお任《まか》せできるなら、私はほかの仕事ができます」

「やっぱり、メイドの仕事だけじゃないのね。わたしにできるのかしら」

「できるとレヴィンさまはおっしゃいました」

ヘイルは珍しく、にっこりとほほえんだ。

「きっとメイドよりも楽しい仕事でございますよ、ミス・マイア。技術的なことは、私もお教えできます」

そういえば、舞踏会でヘイルは付けひげをして、なにやら働いていたっけ。

なんとなく、表だっては言えないような感じで。

……技術って、なんの技術なのかしら。

いまは追及しないでおこう——とマイアが判断するのを見はからったように、ヘイルは胸もとから封筒を取り出した。

「こちらはゆうべ届いておりました。個人的なお手紙だろうと存じます。ミス・マイア」

封筒はうすい青で、ちょっと気取った飾り文字で宛名《あてな》が書いてある。封筒の下のほうで、親指ほどの固いふくらみが見える。

マイアは、どきんとした。

その文字に、見覚えがある。

マイアは手紙を受け取り、ヘイルの視線にもかまわず、ひっくり返した。

差出人の名前は、思ったとおり。もともと勤めていた家の嫡男《ちゃくなん》で、マイアの恋人——ともいえないような、淡い恋の相手——アラン・ブランストンである。

マイアは封筒のふくらみに手をやる。

封を開けるまでもない、固い貴金属の感触が、手のひらのやわらかい部分に当たってきた。


二十分後、マイアはクレセント事務所の事務室に降りていった。

気分はやや沈んでいる。

アランに——ブランストン家に、ここの住所を教えたのは自分だ。

深い意味はない。仕事と新しい住まいが決まったら、知り合いに通知するのは礼儀だと思ったし、親や友だちに出すのと同じ、事務的な文面のものを送っておいただけだ。

ブランストン家にはメイドの仲間もいるし、アランはともかく、ブランストン夫人にはよくしてもらったので、知らせておきたかったし。

……まさか誰よりも早く、アランから返事が届くなんて思ってもみなかった。

しかも指輪入り。

マイアがあの家を出るときにアランに突き返した、銀の指輪だ。

マイアはちょっとぼんやりしながら、あてがわれた机の前の椅子《いす》に座り、部屋の中を見回した。

カーテンは赤で、全体的に赤と金を基調にしている。窓を背にしていちばん大きな書斎机と椅子。

机の上には新聞が何誌か、まとめておいてある。これがレヴィンの席である。

中央に長椅子とテーブルがひとつずつ。マイアの机は扉のそばで、横にある本棚は空《から》だった。角に小さなテーブルと椅子があり、これにヘイルが座ることもある。ヘイルは普段、玄関のそばにある個室や、台所にいる。

思ったよりもまともな事務室だが、どこか貴族的で優雅なのは、窓や壁ぎわの花台にさりげなく花が飾ってあることと、机や棚などの木の調度品が、黒光りする上質なものであるからだろう。

「——依頼人からの手紙でございます、ミス・マイア」

マイアが慣れない自分の椅子の位置を確かめていると、ヘイルがマイアに一通の手紙を渡してきた。

差出人には、キャサリン・スミス、と書いてある。

「女の子?」

マイアはヘイルに尋ねた。

飾りのない、たどたどしい文字だった。封筒はまあまあ上質だが、書く位置のバランスがとれていない。あまり手紙を書かない人なんだろう、とマイアは思った。

でも変な人じゃない——少なくとも、片思いの相手に恨《うら》みを募《つの》らせている貴族の令嬢ではない。マイアはほっとした。

　エリノアにはだまされた。あれが普通だとしたら、誰も信用できない。レヴィンやヘイルも含めて。

「どうお考えになりますか？　封筒の印象だけで判断すると」

「そりゃ女の子でしょ。名前でわかるわ。きっと労働者の――ううん違うな、メイドかしら？　手紙を書きなれた人じゃないけど、書き方を習っていっしょうけんめい書いている感じ」

「ロンドン郊外で働いているメイドでございます。ミス・マイアと同じ年です。恋人が盗みの疑いをかけられて悩んでいて、無実の証明をしてほしいそうです。クレセント事務所の仕事は、単に犯人を捜してほしいという依頼ではなく、こみいったものが多いのです」

「犯人を捜すとか、探偵みたいね」

「そのとおりです。探偵事務所だと思っていただいてけっこうです。あなたは求人にあったとおり、レヴィンさまの助手です」

　ヘイルはきっぱりと言った。

「探偵事務所――」

「まあ、厳密には違うのですが。あなたは居所を明らかにしておきさえすれば、何をしてもよろしい。ただし、レヴィンさまの個人的な用件があるときはこの限りではありません」

「家事は？　住み込みってことは、わたしはてっきり、掃除とか料理とかするものだと――って、ん？」

マイアは話しながら封筒をひっくり返し、宛名に目をやって、止まった。

封筒の宛名には、同じ字で、ロイ・カルヴァートさま、と書いてあったのである。

封ろうはいったん、開けたあとがある。

どうやら、ほかのところに届いたあとで、クレセント事務所に転送されてきたものらしい。

ヘイルはマイアの反応を想定していたらしく、当然のように続けた。

「これは、小説家のロイ・カルヴァートさまからまわされてきた依頼なのです。ロイさまは、探偵作家、という肩書きを売りにしているので、あちこちから謎を解いてほしい、犯人を捜してほしいという依頼が舞い込みます。ロイさまもそれなりの方ではありますが、締め切りで手いっぱいなことが多いもので。そういうときは面倒な案件をこちらに振ります」

マイアは目をぱちくりさせた。

「ここは探偵事務所だけど、ほかの人からお客さんをまわしてもらってるってわけ？」

「それだけではございませんが。レヴィンさまには事務所が必要、事務所を維持するためには仕事が必要なのです。ロイ・カルヴァートさまの小説を読んだことは？」

「ないわ」

「そうでございますか」

ヘイルはうなずいた。

「ロイさまとレヴィンさまは、学生時代の友人でございまして。レヴィンさまにとっては、唯《ゆい》一《いつ》の友人、といってもいいかもしれません。持ちつ持たれつ、といった仲です。カルヴァート家は商家なので、階級的にはレヴィンさまのほうが上ですが」

「階級……ね」

「ロイさまには忠実にして優秀な助手がついています。頭の切れる方です。あとでロイさまの本を部屋に届けておきましょう。女性に人気の小説です」

「ありがとう。受け取っておくわ。読むかどうかはわからないけど」

マイアは答えた。

どんな本なのかは知らないが、マイアに「忠実にして優秀な助手」を期待されるのは困る。マイアはまだ十七歳で、メイド以外には何の経験もない、ただの女の子なのだから。


――ですから、わたしがお願いしたいのは、ロドニーの無実を証明していただきたいということなのです。

ロドニーは確かにお酒が好きです。でも、勤め先のウイスキーを、黙って持ち帰るなんてことはけしてしません。そういう人間じゃないのです。

どんなに仕事場に慣れたって、ものを盗むのは、いけないんですから。

ロドニーは、そう、何回も言っていました。わたしもメイドなので、ご主人さまから、なにか盗んだりなんてしません。それは、絶対にいけないことなんです。

ロドニーのお勤め先には、わたしも一回、休日に訪ねました。ロドニーは最近、少し偉《えら》くなったんです。それで、あちこちを案内してくれました。

それは上の人に内緒みたいで、確かに、いけないことだったと思うけど。

でも、見せてくれていただけだったし、倉庫と、ロドニーの部屋と、それだけだったんです。

わたしとロドニーは、いっしょうけんめい仕事をして、お金をためているんです。

いつか結婚して、ふたりで働いて、暮らすために。

ロドニーと一緒に、しあわせに暮らすのが、わたしの夢なんです。

なのに、ロドニーのお屋敷の人は、ロドニーを信じてくれないんです。

なにより怖いのは、ロドニーが刑務所に行くことです。そうなったら結婚どころじゃありません。

ロドニーとは連絡がとれません。お勤め先をくびになったみたいです。

わたしはどうしたらいいんでしょう？

わたしは、彼を愛しているんです。

ロドニーはやっていません。わたしは信じています。

手紙は長かった。

キャサリン・スミスは十七歳、マイアと同じ年だ。

手紙を書くのに慣れていないのだろうと思ったのは間違いではなかった。

愛する婚約者が盗みの疑いをかけられた辛《つら》さ、自分がいかにロドニーを愛しているか、ロドニーの男らしい性格、盗みは絶対にいけないことだ、ロドニーが盗みなんてするわけがないのだ——ということを切々と訴えているが、どうも要領を得ない。

どうやら、キャサリンの恋人はこの三年ばかり、どこかの家の食料倉庫や酒蔵で下働きをしていたらしい。そして、この一月《ひとつき》ほどの間に、その屋敷のウイスキーやリインがなくなっていることに従僕が気づき、彼が盗んだということになって、くびになったらしい。

無実を証明するといったって、キャサリンが無実だと確信しているのは単に、ロドニーを愛しているから、ロドニーはそんな人間じゃないから、という理由だけである。

お酒が減っているのは事実らしいし、もしかして、無実を証明するのって、犯人を捜すよりも難しいんじゃないの——と思いながら読んでいたが、手紙のうしろのほうに出てきた文章を読んで、マイアはぎょっとした。


お願いです、ロドニーの無実を証明するか、さもなきゃ、ロドニーを疑ってかかっているブランストン家の執事《しつじ》に、今度のことを許してもらえるよう、説得してもらえませんか——。

――ブランストン家!

マイアはあわてて手紙を読み返した。

ブランストン家、といえば……ほかでもない、マイアが数カ月前まで勤めていた家である。冗長《じょうちょう》な文章をあちこちつなぎ合わせてみるに、ロドニーの勤め先というのは、やはりあのブランストン家らしかった。

キャサリン・スミスの恋人、ロドニー・ホワイトは、ブランストン家に下働きで入り、氷や水を運んだり、薪《まき》を割ったりという、使用人の中でも末端の仕事をしていたらしい。

ブランストン家は鷹揚《おうよう》な家風で、使用人の出自にはそんなにこだわらない。

マイアはそれまで流し読みしていた手紙をあらためてじっくりと読みなおすと、額《ひたい》に手を当てて、背中を椅子にもたれさせた。

よりによって、最初の仕事に、ブランストン家が関《かか》わっているなんて。

ブランストン家の執事といえば……何人か思い当たるけど。誰だろう。

ブランストン家はそんなに悪い職場じゃなかった。使用人もみんな良心的で、楽しく働ける家だった。――あの従僕をのぞけば。

マイアは、アランからもらった銀の指輪を、ひとりの若い従僕に見咎《みとが》められたときのことを思い出す。

おまえはそんなものを買えるほどの給金をもらってはいないはずだ、と、みんなの前で厳しく問いただされて、アランからもらった、と言わざるをえなくなった。ずっと隠していたのに。

そうしたらアランは、そんなものはあげていないと言いだして……。

…………。

……いけない。

ついつい昔を思い出しそうになり、マイアは首を振る。

終わらせたつもりだったのに、どうしてこうなっちゃうのかしら！

それもこれも、アランが指輪を送ってきたりするからいけないのだ。

「――しかし、未練を本気で吹っ切るには、いい機会じゃないか。マイア」

そのとき声がして、マイアははっとして顔をあげた。

ゆらり、と部屋に入ってくる影。いかにも不機嫌《ふきげん》そうな低い声は、今日から正式なマイアの上司――レヴィンのものである。

マイアはあわてて顔をあげた。

「なんのことよ。レヴィン――じゃなくて、クレセントさま……ミスター？　サー？　それともボス？」

「レヴィンでいい。へりくだる癖《くせ》がつくと、とっさのときに言葉が出ない」

レヴィンは機嫌が悪かった。

先日までの面白がるような口調が抜けて、おそろしくぶっきらぼうになっている。

紺のフロックコートに、青のクラヴァット。寝起きだからか顔色が悪く、唇《くちびる》がいつもより赤い。長めの黒髪が少し乱れて、蒼《あお》い瞳《ひとみ》にかかっている。

顔だちが美しいだけに、笑顔をなくすといかにも酷薄《こくはく》そうに見える。

「権力はきみのような女には無効だ。居所のない探偵貴族と、もとメイドで新入りの事務員――これを権力といえるのならだが」

レヴィンはひとりごとのようにぶつぶつとつぶやきながら、ゆっくりと部屋を横切り、奥の席にどさりと腰かけた。

舞踏会での態度が嘘《うそ》のような、緩慢《かんまん》な動作である。

「あなたは午前中は出てこないって聞いたけど」

マイアは言った。

レヴィンは机にひじをついている。真っ黒いまつ毛が下を向き、瞳を隠している。このまま眠ってしまいそうだ。

「きみの足音がうるさくて、起きてしまったんだよ。ぼくがいるときは階段の昇り降りに気をつけろ、マイア。ヘイルに、引っ越しは午後にしろと言っておけばよかった」

本当にうるさそうに耳に手をあてて、レヴィンは言った。

「引っ越しなんていうほどのものじゃないわ。それより、ヘイルから聞いた？　ひとつ仕事が来ているみたいで――」

「指輪はアランに返せ、マイア。ついでに下働きの従僕の盗みの疑いを晴らしてやれ。すっきりするだろう。まだ好きなのはわかるが、なにも他の女と婚約した男の未練につきあうことはない」

マイアは、真顔になった。

なんでここでアランの名前が出てくるのか。

「まだ好きって――未練って、なんのことよ。わたしは別に……。なによ、レヴィン。あなた、わたしに来た手紙を読んだわけ？」

「読まないよ。ぼくが知っているのは二通の手紙が来たということだけだ。一通は、わが友ロイ・カルヴァートからぼくへ仕事の依頼で、ブランストン家の使用人の恋人からの手紙が同封されていた。そして、もう一通は、アラン・ブランストンからきみに、なにやら貴金属の入った私的な手紙。ロンドン郵便局は優秀だから、出した次の日に手紙が届く」

面倒そうに前髪をかきあげながら、レヴィンは言った。

「封筒に入るような貴金属といったら、指輪かイヤリングだ。そんなものをなぜ送るか？　アラン・ブランストンがきみに未練があるからだ。住所はどうして知ったか？　きみが知らせたからに決まっている。なんで知らせた？　きみにだって未練があって、よりを戻したいからだろ。彼はそれを知って、きみが別れ際《ぎわ》に突き返した指輪を、もう一度送ってきたのさ。つまり相思相愛だ。結ばれることがないのは明らかかな。だからきみはそんなに浮かない顔をして、キャサリン・スミスの恋人の勤め先がブランストン家だから、これをいいわけにして、彼に会えるだろうか、などと考えている」

「そんなことあるわけないでしょ！　アランは婚約してるのよ！」

マイアは本気で腹をたてて、立ち上がった。

アランが指輪を送ってきたのは事実だし、マイアにだって未練がまったくないといったら嘘《うそ》になるが、自分を安売りするつもりはないのである。

別れ際にアランに指輪を返したのは、きっぱりと忘れるためだ。

だからこそやりきれないというのに。

「じゃあ手紙にはなんて書いてあった？」

「──言わないわよ。あなたになんて」

「残念だな、知りたかったんだが。動揺しているってことは図星なんだろう」

「だとしても関係ないでしょ」

「関係なくても情報は入る。情報が入ってくれば頭が勝手に働く。考えることは面倒な本能だ。いやな匂《にお》いのようなものだな。音は耳をふさげばいいが、匂いはそうはいかない。さしずめきみの恋は腐《くさ》った香水といったところか」

「腐ってなんかないわよ。昔のことだもの。香りなんかない、水みたいなもんだわよ」

「熱すればまた沸騰《ふっとう》するというわけか？」

「熱しません！」

「ならば過去の思い出を具材にして、冷たいスープにでもすればいい。どうやら思い出は腐っていないようだから」

「腐ってないけど食べられないの！　──じゃなくて、食べちゃいけないの！」

「きみはいったい何に腹をたてている？」

「自分に対してに決まってるでしょ！」

「レヴィンさま。コーヒーをお持ちしました」

そのとき扉が開いて、ヘイルが部屋の中に入ってきた。

ヘイルが持っている盆の上には、コーヒーがひとつ載《の》っている。部屋にやわらかな湯気と香りが漂った。

レヴィンは当然のように手をのばし、口に運んだ。

「ありがとう、ヘイル。目が覚めた。ついでにひとつ、新人の助手の教育をすることもできた。──つまり、挑発とはこういうふうにやるものだよ、マイア」

レヴィンはコーヒーカップを持ったまま、マイアに目をやり、ふうっと息を吐いた。

もう眠たそうでも、不機嫌でもない。口調はいつのまにかもとに戻っている。

マイアは口をあけたまま、レヴィンを見つめた。

わたしはあんたの眠気覚ましのサンドバッグか！

しかし、ここで怒ったら相手の思うつぼである。

マイアは声を出すのをぐっとこらえて封筒をつかみ、立ち上がった。

レヴィンに相談しようかと思ったが、その気もうせた。

そもそもこの手紙で依頼されているのは、謎解きだのと犯人捜しだのといえるようなものでもない。このうえは自分で証拠を探すまでである。

「仕事に行くなら化粧していきなさい、マイア。下の部屋にクロゼットと化粧道具がある。やりかたをあれこれと書き留めたノートもね。きみが気になってならないらしい、まつ毛を上向きにする方法が記してある。きみが、もとブランストン家のメイドだってばれないように」

「余計なお世話よ、レヴィン」

「上司の言うことは聞きなさい。領収書はとっておくんだよ」

マイアはレヴィンの声を無視して、はじめての仕事に向けてドレスをひるがえした。

「自分に対して、か」

マイアがいなくなると、レヴィンはことりとカップを置き、口もとに手をあてて、ひとりごとのようにつぶやいた。

「あの娘は面白い」

「まことに、さようで。よい眠気覚ましになります」

ヘイルはうれしそうに答え、空になったカップをさげた。

2

「どちらまで?」

事務所を出てすぐに辻馬車《つじばしや》を拾い、乗り込んでから、マイアは行き先を決めておかなかったことに気づいた。

キャサリン・スミスの手紙をひっくり返す。

住所はロンドンではない。鉄道で数駅の、辻馬車で行くには遠すぎる距離である。

「――ハムステッドのブランストン家まで」

「かしこまりました」

「あ、領収書くださいね」

かつかつかつ……。

馬車が走り出してから、ふう、と息をついて、座席に背中をもたれさせる。

一頭立ての黒の箱馬車は古いタイプのもので、振動がガタガタと体に伝わってくる。これまでヘイルがどこからか用意してきた立派な馬車の、ふかふかの座席とは違った。

——よく考えたら、費用は事務所持ちなんだから、どんなに遠くてもいいんだった。

……とはいっても、キャサリンの家に行っても、手紙以上のことが聞けるとは思えない。

レヴィンもヘイルも、具体的な指示はしなかった。マイアが勝手にやることを望んでいるようである。

探偵事務所って、こんなもんなのかしら。

それで仕事になるのかと呆《あき》れる反面、だったら好き勝手にやってやる、とも思う。

よくわからないけど給料はいいし。前回の舞踏会の件のように、いちおう世のため人のためになることもあるみたいだし。

マイアは馬車の中であらためて、キャサリンからの手紙を読む。

キャサリンとロドニーは幼なじみで、結婚を約束しあった恋人である。

ロドニーは三年前から職業紹介状を介して、ブランストン家の下働きとして働き、キャサリンは十六歳になったのを機に、今年の春からロンドン郊外の老夫婦の家でメイドとして働きはじめた。

ふたりの仲は順調で、手紙のやりとりをしたり、休日を合わせて会ったりして、愛をあたためあっていたらしい。

ロドニーはブランストン家で、半月前に盗みの疑いをかけられたが、そのことをキャサリンには言わなかった。

ロドニーと連絡がとれなくなって、心配したキャサリンがブランストン家に問い合わせたときには、すでにロドニーはブランストン家をくびになっていた。

ロドニーの行方《ゆくえ》はわからず、キャサリンはどうすることもできずに、藁《わら》をもすがる気持ちで、近頃人気の探偵作家に手紙を出した——と、こういうことらしい。

ブランストン家の屋敷なら、マイアはもちろん知っている。勝手もわかり、知り合いがいる。マイアが屋敷を飛び出してからずいぶんたっているし、出た理由が理由だから、顔は出しにくいけれど、使用人たちの中の何人かは、マイアの味方になってくれると思う。

盗んだのが本当かどうかはともかく、まずはロドニーの行く先を調べて、キャサリンに教えてやれば安心するだろう。

キャサリンの手紙は、ロドニーの盗みの疑いを晴らしてやりたいのか、単にロドニーに会いたいのか、盗みはいけないということを訴えたいのか、よくわからない内容だった。

盗みというのをのぞけば、単に恋人の気持ちが離れていっただけともとれる。

締め切り間近な探偵作家とやらが面倒になって、暇《ひま》な友人に押しつけてくるわけである。

——キャサリン・スミスの恋人の勤め先がブランストン家だから、これをいいわけにして、彼に会えるだろうか、などと考えている。

ふっと頭にレヴィンの言葉が浮かび、マイアはカッとなって手紙を握りしめた。

わたしは仕事をするだけ。たまたまその仕事の先が、自分の知っている場所なだけよ。


「マイア！　よく来たな。何をしていた？」

マイアがこっそりと使用人用の門の前で待っていると、バイウルがマイアを見つけて、笑顔で近寄ってきた。

マイアはほっとした。

今日来たのはマイアの個人的な事情とは関係ないので、正式に家政頭《がしら》にでも訊《き》けばいいのだが、できるなら誰にも知られずに、こっそりと知り合いと会って、早々に立ち去りたかったのである。

バイウルは五十がらみの従僕で、マイアと仲がよかったうちのひとりだ。

外見はぱっとしない、赤ら顔で腹が少し出ている男だが、マイアにとっては出身の村の男たちと似ているように思えて、一緒にいるとほっとした。実直な性格で、ほかの使用人たちからも慕《した》われている。

ロンドンの男が美しいのは認めるが、頭がよすぎて腹がたつし、ときどき疲れることがある。

アランに限っていえば、そうでもない——ちょっと頼りなげなところが、よかったわけだけど。

アランはそれほど美貌《びぼう》の男ではなかったけれど、はじめて彼に笑いかけられたとき、マイアは、わたしはこの顔が嫌いじゃない、と思った。それが好きに変わるなんて、そのときには思いもよらなかった。

「何って、仕事を探してたわ。やっと見つかって、その仕事で来たところ。——バイウル、この屋敷にロドニー・ホワイトって人が勤めていたでしょう？　食料貯蔵庫の管理の手伝いをしていたはず。半月前に辞《や》めることになったって聞いたけど、どこに行ったのか知らないかしら？」

自分の近況は手短にして、マイアは尋《たず》ねた。

バイウルは下働きの男たちをたばねている。食料貯蔵庫や、蒸留室の温度を保つことにかけては一流で、見かけよりも重要な地位にいるのである。

「それはそうだが——どうして、マイアがロドニーのことを気にかける？　きみがロドニーと知り合いだとは思わなかったが」

バイウルは戸惑《とまど》ったように尋ね返した。

不祥事《ふしょうじ》を起こして屋敷を去ったメイドが突然やってきて、同じような不祥事を起こした下働きの行方を尋ねるなんて、確かに妙である。

マイアもロドニーと同じ時期に勤めたことになるが、顔を合わせたことはなかった。仮に会っていても下働きの少年のことなど覚えていない。

マイアはあわてて手を振った。

「知り合いじゃないわ、ええと——彼の恋人から頼まれたの。ロドニーはここを辞めてから、行き先がわからないんですって。とても心配しているから、安心させてやりたくて」

「——ロドニーが盗みを働いたから、他人事《ひとごと》だとは思えないのか？　マイア」

マイアは適当な理由を言ったのだが、バイウルは別の心配をしていた。

マイアの顔がこわばった。

バイウルがここで、マイアが辞めたときのことを蒸《む》し返すとは思っていなかったのである。

「——彼が、濡《ぬ》れ衣《ぎぬ》を着せられたからだわ、バイウル」

「そうか……」

バイウルは悲しそうな顔をして、少しだけ人目を気にしながら、マイアを屋敷の中に招いた。

バイウルの部屋は食料貯蔵庫の隣で、屋敷の中では北向きの、いちばん寒い場所にある。

ベッドと机だけの簡素な部屋である。石造りの壁からは冷気が漂ってきていた。

「濡れ衣だっていうのは、どうしてそう思うんだ？　マイア」

「ロドニーの恋人から手紙が来たの。彼はそんな人間じゃないって」

「恋人ならそう言うだろうな。泥棒《どろぼう》だなんて認められまい」

バイウルは歯切れが悪かった。

マイアは眉《まゆ》を寄せる。

「――ロドニーが泥棒だって――お酒を盗んだのは本当だっていうの？」

「本当もなにも、彼が酒を盗んだって報告したのは私だからな」

しわがれた声で、バイウルは言った。

マイアは目を見開く。

「――どういうこと？」

バイウルはどこかなつかしむように空を見つめて、目を細めた。

「ロドニーはいい人間だったよ。いい男だった。飲み込みは早いし、気がきくし、いい使用人になると思ったんだ。それで、一月《ひとつき》ばかり前に、彼に貯蔵庫の鍵《かぎ》を渡した。ちょうど私が腰を傷《いた》めてしまってね、氷を運んでもらわなければならなかったものだから」

マイアは思いがけないなりゆきに、バイウルをじっと見つめた。

バイウルは机の引き出しを開き、自分のものらしい手帳を取り出している。どうやら、その手帳に、仕事のことをすべて書きつけてあるようである。

「勤めて三年の若造に鍵を渡すなんて、とこっぴどく叱《しか》られたが、私はこれでも人を見る目はあるつもりだったんだ。もう三十年もこの仕事をしているからな。ロドニーなら大丈夫だと思った。ロドニーもとても喜んで、責任をもってやると言って、真面目《まじめ》に勤めていたんだが……。

半月前に酒がなくなった。旦那《だんな》さまが手に入れた珍しいもので、酒蔵から出して寝かせておいたんだが」

「それ……ロドニーがやったの？」

「信じられなかったがな。信じていたんだが」

バイウルは言った。酒を盗まれたことよりも、信頼を裏切られたことに傷ついている。

マイアはちょっとうろたえた。

どういうわけか、ロドニーをかばいたくなる。

「何かの間違いかもしれないじゃない。もしかして、最初のお酒の数を間違えてたとか……」

バイウルは首を振った。

「私はそんな間違いはしない。ロドニーに尋ねて、正直なことを言ったら上には報告しないと言ったが、彼は何もしていないの一点張りだった。それで、念のためロドニーの部屋を見てみることになって──私も疑いたくなかったが──そのとき、ロドニーのベッドの下から、盗んだ酒や、ハムの塊《かたまり》なんかが見つかったんだ。それも、高級なものばかり。彼に、これはどういうことだと言ったら、真っ青になって認めた。鍵を預けられたのがうれしくて仕方なくて、ついい盗んでしまったのだと」

「──彼は、自分から認めたの？」

「観念したんだろうな。謝罪して、給料を受け取らずに辞めた。──私はそれでも信じられなかったんだが、最近になって、彼らしき男が、酒びんが見つかる数日前に、食料貯蔵庫に入っていって、中をあさっていたのがわかったんだ」

「誰かが見ていたってこと?」

バイウルは、うなずいた。

「そう。ロドニーが辞めたあとで、そういえば、って思い出したメイドがいたんだよ。入り口からちらっと見ただけだし、急に必要な食材でもあったんだろうと思って、そのときは気にかけなかったらしいんだが。あの倉庫は昼間なら鍵をかけないこともあるが、入るのは台所メイドだけだ。酒や食料のありかもほかの人間にはわからないだろうし。男性で知っているのは私か、ロドニーだけだった」

バイウルは手帳のうしろのほうに目当ての部分を見つけたらしく、指をあてながらつぶやいた。

「――ああ、これだ。行き先が見つかるまで、友だちのところに行くって言ってたんだ、ロドニーは。住所だけは書いてもらった。何かあったら、力になれるかと思ってね」

マイアはバイウルの手帳をのぞきこんだ。

そこには黒くはっきりとした字で、名前と住所が書いてある。――どうやら、イーストエンドのフラットらしい。

マイアはバイウルからありあわせのペンと紙を借りて、住所を書き写した。

これから仕事をするために、手帳とペンを買わなくては、と思う。

「まだロドニーはここにいるかしら？」

「わからないな。警察には訴えなかったが、紹介状は書いてもらえなかったはずだから、なかなか次の仕事はないかもしれない」

「――それはわかるわ」

マイアは力なくつぶやいた。

自分も理不尽《りふじん》な理由で仕事を辞めたあと、クレセント事務所に決まるまで苦労したのだ。

自分の場合は完全な濡れ衣だったが。

しかし、バイウルはいいかげんなことを言う人間ではない。

「マイア、きみのことは信じているよ、私は。――本当はロドニーのことも信じたいんだが」

「ありがと、バイウル。大好きだわ」

マイアはほほえんで、バイウルの冷気にかさついた頬《ほお》に軽くキスした。


ウオータールー駅のそばで辻馬車を降りて、手帳に書き写した住所を頼りに歩いていくと、マッチ箱のような細いフラットの列が見えてきた。

ウイルスコット通りのクレセント事務所をはじめて見たときも、細長い建物だと思ったが、それよりもさらに狭く、細い。道はごみごみとしていて、腐《くさ》った水のにおいがした。

通りには格子縞《こうしじま》の帽子をかぶった、二十歳《はたち》前後のぱさついた茶色い髪をした男がいる。

彼は左手をポケットにつっこみ、布を丸めたボールを蹴《け》っていた。がっしりと大柄《おおがら》な青年である。いかにも大きな屋敷で下働きをしてそうな雰囲気《ふんいき》だ。

そしていかにも、いまは失業中、って感じ。

「ロドニー・ホワイトさん？」

マイアは尋ねた。

「──ロドニーなら、俺の部屋にいるけど」

「ということは、あなたがロドニーのお友だちなのね」

マイアが言うと、青年は目をすがめた。

うろんそうな目でマイアを見る。

「あんた誰？」

「マイア・クランよ。ええと──わたしは昔、ブランストン家に勤めていたの」

ロドニーの恋人のキャサリンから依頼されてきたのだ──と言うべきなのかどうか、マイアがちょっと迷っていると、うしろから声がかかった。

「あんたなら、知ってるよ。あの家を追い出されたメイドだろ」

マイアはふりかえった。

フラットの玄関には、少年——ロドニー・ホワイトが立っていた。

小柄だが肩幅はあり、ひきしまった体をしている。十九歳という年齢よりも子どもっぽく見える。

ロドニーはマイアを見つめ、しっかりとした足取りでこちらへ向かってきた。


「あなたが、わたしのことを知ってるとは思わなかったわ」

やっとフラットの近くのコーヒーショップに腰を落ち着けると、マイアはロドニーに切り出した。

ジム——これは、先ほどのロドニーの友人の名前——は、フラットの中で話せばいい、と言ったのだが、ジムの部屋に入ってみると、大人ふたりがいるのがやっとの狭さなので、外に連れ出したのである。

「そりゃ知ってたよ。かわいい子が入ってきたって、みんなで話してたし。辞めるまえは、変なうわさも流れてたしさ」

ロドニーはどこかまぶしそうに、マイアから目を逸《そ》らせながら言った。

マイアは眉《まゆ》をひそめる。

「変なうわさって……何よ」

「メイドなのにアランさまに迫って、休日に会ってたとか。あれって本当なの？　アランさまは迷惑してたんだろ？　あと、指輪を盗んだとか。それで辞めることになったって」

……迫ってない。

はじめて職に就《つ》いて余裕のないマイアに言いよってきたのはアランのほうで、主人の息子の誘いを断りつづけたらいづらくなると思って、一回、ロンドン動物園に行っただけだ。

そうしたら銀の指輪を贈ってくれて、好きだって言われて、こっちも好きになりかけたときに、アランはほかの人と婚約することになった。

従僕に、指輪はマイアがどこかから盗んだんだろうと言われたとき、ブランストン夫人はかばってくれたけど、アランは否定しなかった。

その状況に耐えられなくて、マイアはアランに指輪を返し、ブランストン家を辞めた。

…………なんて言っても、誰にも理解されないだろうけど。

「……わたしはアランさまに迫ってなんてないし、指輪も盗んでないわ」

マイアは感情をおさえて、低い声を出した。

「じゃあ、持っていたっていう指輪は？　どこから手に入れたんだよ？」

「もらったのよ。盗んだものじゃない。奥さまが、わたくしがあげたのだ、っておっしゃったはずよ」

「そういうことになってるけどさ」

「――わたしのことはいいの！」

マイアは話を打ち切った。

ブランストン夫人は、この指輪は自分がマイアにあげたものだ、と言ってくれたが……それも嘘《うそ》である。優しい夫人がせいいっぱい考えた、情けない息子と、かわいがっているメイドを同時にかばう、優しい嘘。

目の前のロドニーに、ポケットに入っている指輪を投げつけてやりたい。

忘れたいのに、なんでこう蒸《む》し返してくるのかしら、みんな。

とりあえずあの家では、マイアが辞めた理由はうやむやになっているらしい……。

「まあ、いいけど。――とにかく、あんたなら俺の気持ちはわかるだろう。俺だってもういいんだよ。警察には言わないってことになったし。そのうち仕事も見つかるだろうし。あんただって見つかったんだろ」

ロドニーはふてくされているようには見えなかった。真面目《まじめ》な顔で素手をテーブルの上でにぎりしめている。重い荷物を運んだり、冷たい氷に触ったりしてきたであろう、器用そうな手である。

最初は十九歳という年齢よりも幼いと思ったが、そうしてみるとやはり、マイアよりも年上の青年だ。

「次の仕事を見つけるまでにえらい苦労したわよ。……って、ちょっと待って。てことは、あなたも、わたしと同じってこと？　盗んでないの？　キャサリンが言ってたのが本当なの？」

マイアは尋ねた。

びくり、とロドニーの肩が動く。

あ。とマイアは思った。

ロドニーは何かを隠している。

「——何か食べていいかな、マイアさん。俺、朝から何も食べてないんだよ。食べたって、豆のスープとかばっかりでさ」

ロドニーはふいに壁のメニューに目をやって、話を変えた。

「なんでもどうぞ。なんだったら、お友だちにも包んでもらうといいわ」

マイアは言った。こんなことでロドニーの気持ちがほぐれるなら安いものだ。どうせ事務所のお金だし。

ロドニーはちょっと笑顔になった。

「いいかな。ジムには世話になってるから」

「いいお友だちなのね」

「幼なじみなんだよ」

幼なじみといえば、キャサリンもそうだったはずである。

ジムは店員にサンドイッチと野菜のポタージュを頼む。マイアは自分も何も食べていなかったことに気づいて、紅茶とスコーンを注文した。

「ビールじゃないの？　お酒、好きなんでしょ」

ろくなものを食べていなかった、というのは本当だったらしい。流し込むようにポタージュを食べるロドニーに向かって、マイアは言った。

軽い皮肉――レヴィンに言わせれば、挑発、というやつだ。

「好きだけど、飲まないよ。バイウルさんに、一人前になるまで飲むなって言われた」

ロドニーは乗ってこなかった。

「お酒を飲まないのに、お酒を運ぶ仕事をしていたわけ？」

「飲まなくてもできる。リストに照らしあわせて、温度を調整して、樽《たる》やびんを運ぶんだ。銘《めい》柄《がら》はみんな覚えたし、そのうち味もわかるようになるつもりだった」

ロドニーは少し悔《くや》しそうに、辞めた仕事の内容を説明した。

「バイウルはあなたを信じていたみたいよ。あなたの部屋に、お酒が隠してあったのを見て、びっくりしたでしょうね。だけどメイドが、倉庫をあさっているあなたを見たって言っているからには、いいわけもできないわよね」

「メイドが、俺の姿を見ていたって？」

「あなたの部屋で酒びんが見つかる数日前ですって。あなたは見られていたんだわ。どうして、あんなことをしたの？」

ロドニーはスプーンを置き、唇《くちびる》を嚙《か》んだ。

「──知らないよ」

「お酒とハム、売れば相当のお金になるはずだわ。もしかして、お金に困ってたの？」

「そんなことないよ」

「キャサリンは、お金をためていたって書いてたわよ」

「……キャシーは……何も知らないから」

少し辛《つら》そうに、ロドニーは、恋人の愛称を口にした。

「結婚するつもりだったんでしょ？」

「そうだけど。俺の手当は悪くなかった。バイウルさんもいい人だし。キャサリンもメイドとしてうまくやってた。結婚するのは、ずっと先のつもりだった。俺、ブランストン家が好きだったんだよ」

「辞めさせられたにしては、前の職場をかばうのね」

マイアは言った。皮肉というより、自虐《じぎやく》だ。

「──そりゃ……」

ロドニーはサンドイッチの最後の一切れを手にしたまま、止まってしまった。

どうもわたしは挑発がうまくないみたいだわ、とマイアは思う。

でも、ロドニーが真面目で忠実な使用人じゃないのなら、どうして、こんなに悲しそうな顔をするんだろう？

メイドがロドニーを見たといっても、あとから思い出したことだし、確かではないのかもしれない。バイウルはあの倉庫に入る男性はふたりだけだと言ったけど、倉庫の鍵が開いていれば、ほかの従僕でも入れるのだ。

もしかして、ロドニーはやってないんじゃないだろうか——という考えが頭に浮かぶ。なんの証拠もないけれど、勘《かん》だ。

「——ねえ、ロドニー。やってないなら、やってないって言ってちょうだいよ、わたし、バイウルと友だちなの。あなたの力になれると思うわ。濡れ衣なら、きちんと検証すれば晴らすことができるはずよ。わたしの場合は無理だったけど——」

「——どうして無理だったの？　あんたの場合」

思ったらとまらなくなった。仕事を離れて話しだすマイアをさえぎるようにして、ロドニーが訊《き》いた。

マイアは言葉を飲み込んだ。

「どうしてって……それは」

「犯人を、好きだったから？」

マイアは、ロドニーを見つめた。

ロドニーはサンドイッチを持ったまま、マイアをじっと見つめ返している。

「……まあ、そうよ。仕方ないじゃない？　わたしは辞めればすむけど、相手は一生がかかってるんだから」

マイアはもごもごと口ごもった。

アランの気持ちもわかる、と思う。いい家の令嬢との結婚の話がもちあがっているときに、メイドとデートして指輪まであげたとか、言えるわけがない。

アランは女好きでもないし、わたしをもてあそんだわけでもない。

ちょっと……ほんの少し、キスはしたけど。あのロンドン動物園——誰もいない木陰で、一回だけ、とても軽く。

アランはそんなに器用な性格じゃないんだから。——それだったら、いっそ憎めたのに。

「——よくわからないけど。あんたも大変だったんだな」

ぽつりと、ロドニーが言った。

マイアははっとした。

相手を詰問《きつもん》するべきときに、自分が同情されてどうする。

「だから、いまは、わたしの話はどうだっていいんだってば！　わたしが聞きたいのは、あなたが本当にやっていたかどうかよ。やってないんでしょ？」

「——やったんだよ」

ロドニーは、マイアが慌《あわ》てだしたので、かえって落ち着いたようだった。

最後の一切れのサンドイッチを食べ終えると、口をぬぐって立ち上がる。

「俺がやったんだよ。まさか見つかるとは思わなかった。あの酒を売って、キャシーに誕生日の贈りものを買ってあげようと思っていたんだ」

マイアはあっけにとられた。

ロドニーはそのまま店を出て、外に向かっていく。

マイアはぼんやりと見ていたが、はっとして立ち上がった。

ポケットに手をつっこんで、キャサリンの手紙を取り出す。

ロドニーに追いつくと、手をとって無理やり、手紙を握らせた。

「これを読んでちょうだい、ロドニー。キャサリンからの手紙よ。読めば、彼女の気持ちがわかるはずだわ。そして、ちゃんと連絡してあげて」

「でも、俺は——」

何か言いかけるロドニーの言葉を、マイアは早口で封じた。

「それくらいしなさいよ。盗んだのが本当だろうが嘘だろうが、連絡をたつなんてかわいそうだわ。キャサリンはあなたを信じているのよ。ふるならちゃんとふりなさいよ。仮にも恋人だったんなら、責任ってものがあるでしょう?」

マイアは言った。

何もかも自分に返ってくるようで、言いながら情けなくなってくる。

席に戻ると、紅茶とスコーンはすっかり冷めていた。話に熱中して、ほとんど口をつけてなかったのだ。

冷たい紅茶に口をつけながら、ロドニーはお酒を盗んでないんじゃないか——と、マイアはぼんやりと考えた。

さきほどの話をゆっくりと反芻《はんすう》する。

ロドニーは真面目だ。バイウルの見る目は確かだ。彼は、仕事にやりがいを見出《みいだ》していた。

だったら、どうして自分がやったなんて言うのか？

犯人を知っているからだ。かばっているのだ。

自分のせいにすれば、丸くおさまるような事情があるのだ。——マイアと同じように。

（——犯人を、好きだったから？）

こう訊いたときのロドニーの表情は、真剣だった。

ロドニーが好きな人——ロドニーがかばう人といったら、ひとりしか考えられない。

あの手紙——。

長いわりにはどうにも要領を得なかったキャサリンからの手紙をもう一度読み返したいと思ったが、すでにロドニーに渡してしまっている。

仮にメイドの証言が間違いだったとしても、ロドニーのベッドの下に酒とハムを隠してあったのは事実だ……。

——いや、待って。

キャサリンからの手紙に、最近、ロドニーの仕事場に遊びに行った、ってなかったっけ？ロドニーが偉《えら》くなって、内緒で案内してもらった、とかなんとか。

使用人が休日に、自分の知人を屋敷に入らせるというのは、ばれたら怒られるけれど、まったくないことでもない。ロドニーの部屋は屋敷の中ではなくて、北向きの倉庫の横にあるから、入ろうと思えば入れる。

ロドニーは、倉庫の鍵を手に入れたのが——そこまでバイウルの信頼を得たのがうれしくてたまらなくて、それを恋人に自慢したくなったのだろうか。

キャサリンは、ロドニーは絶対にやっていません、と、何回も書いていた——。

結婚して幸せになるために、お金をためている、とも。

彼が絶対にやっていないということを知っているのは、自分がやったからじゃないだろうか。

……もし犯人がキャサリンだとしたら、なんで手紙を書いたのかよくわからないけど。

でもマイアは、あの手紙を読んだとき思ったのだ。

この娘は何が言いたいんだろう、と。きっと恋人が泥棒の疑いをかけられて、自分でもわけがわからなくなっているのに違いない、と。

盗んだものを恋人のベッドの下に隠しておいたのは、帰りぎわに持っていこうとして、機会がなかったのかもしれない。

もしも犯人がキャサリンなら、混乱するのもわかる。自分のせいで恋人が窮地《きゅうち》に陥《おちい》ったのだから。でもいまさら、言うに言えない。

最初は否定していたロドニーは、恋人のしわざだということに思い当たって、罪をかぶる。しかしやりきれず、別れるかどうか悩んで、頭を冷やすために身を隠し、連絡を絶つ——。

「——お持ち帰りのサンドイッチでございます」

マイアが考えに沈んでいると、女給がやってきて、サンドイッチの包みと、請求書をテーブルに置いた。

そういえばロドニーは、ジム——ロドニーの友人の分のサンドイッチも頼んだのだった。

すっかり忘れていたが、ちょうどいい。

マイアは最後の紅茶を飲み干すと、財布を取り出す。

「あ、領収書ください」

お金を払うまえに、マイアは忘れずにつけ加えた。

「——キャシーには、ものを盗む癖《くせ》があるんだよ」

ジムは言った。

ジムは前と同じように、フラットの下でボールを蹴っていたが、マイアが行くとすぐに、あ、とつぶやいて、近寄ってきたのである。

やっぱり――。

キャサリンに盗癖《とうへき》があると聞いても、マイアは驚かなかった。

自分の考えの裏づけがとれて、ほっとしたくらいだ。

「幼なじみだって言ってたけど、あなたはキャサリンのことも知っているのね」

「まあね。このあたりで育った仲間だから」

ジムはボールをきれいに蹴り上げて、足で受け止めた。器用なものである。

ジムは左手をポケットにずっとつっこんでいる。どうやら怪我《けが》をしているらしい。マイアが渡したサンドイッチの包みは、右手で持ったままだ。

「キャシーは子どものときに両親がいなくなってしまったから、俺やロドニーが面倒を見ていたんだ。妹みたいなものかな。キャシーはロドニーが大好きで、ロドニーがキャシーを守っているうちに、いつのまにかつきあうようになっていたんだ」

「キャサリンには、両親がいないの？」

「いや――いるけど。ふたりとも刑務所に入っていて、いつ出てくるかわからないんだ」

「……ああ……そう」

マイアはなんと答えていいのかわからずに、口ごもった。

イーストエンドにはそういう人間がいるというのは知っていたが、直接聞いたのは初めてである。

「つまりキャシーは、すりとかっぱらいの娘なんだよ。いい子だけど」

「それで、その……よく、メイドになれたわね？」

マイアは遠慮がちに尋ねた。

メイドになるには紹介が必要である。マイアだって、知り合いの知り合いがブランストン家と懇意《こんい》だったので、頼み込んで紹介してもらったのだ。犯罪者の娘なんて、論外のはずである。

ジムは肩をすくめた。

「本人がなりたがったんだ。ロドニーといつか結婚したいから、それには働かないとって。キャシーがメイドなんかになれるわけないって思っていたんだけど、両親のことを隠して職業紹介所に登録したら、たまたま、郊外に小さな家を持っている老夫婦に気に入られた。どこがよかったのかな。キャシーよりも優秀な女の子なんて、いっぱいいそうなんだけど」

「きっといいところがあるのよ。幼なじみなんだからわかるでしょ」

「かわいいし、いい子ではあるけど。気のきく娘じゃない。ロンドンから離れるのも心配だし、その家はやめたらどうかって、説得したりもしたんだけどな」

「――で、半月前のことを聞きたいんだけど」

ジムは放っておいたら、いつまでもキャサリンのことを話していそうだった。マイアはそこそこにあいづちを打って、話を変える。

「──半月前？」

ジムはけげんそうな顔になった。

「ロドニーが勤め先で起こした事件のことよ。ちょうどそれと同じころに、キャサリンは休みをとって、こっちに戻ってきていたの。キャサリンはそのとき、ロドニーと一緒にブランストン家に行ったのよね」

「ああ……あれか。知ってるよ。ロドニーから聞いた」

ジムは昔をなつかしむような目をして、押さえていたボールをまた蹴り上げた。

器用に足先で受け止める。ぽん、ぽん、と蹴る音がひびく。

「それはいつ？　盗みが発覚するよりも前よね」

「一日か、二日くらい前だったかな。キャシーが来て、ブランストン家にちょっと寄ってから、送っていくって言ってた。それから二日たって、ロドニーが俺の家に来た。相談したいことがあるって。そのときにはもう、ロドニーのベッドの下から、酒が見つかっていたんだな」

「それは……もしかして、キャサリンが、とったのかしら」

マイアは言葉を選びながら尋ねた。

ジムは少し黙ったが、マイアがうながすと足の下にボールを置き、思い切ったように顔をあげた。

「キャシーは、お金を欲しがってたんだ。もうすぐ誕生日だし、結婚するためにはお金が必要だからって何回も言っていたよ。そして、ロドニーが管理する酒や食料が高価だって話すと、ブランストン家に行きたがった。俺は、やめろって言ったんだけどね。せっかく信頼されているのに、そういうのはいけないだろ」

「――そう」

マイアはつぶやいた。

盗む盗まない以前に、屋敷に自分の知人を引き入れるのはいけない。そういうことをする使用人がいるとはいっても、どうも、ロドニーのような少年が自分から誘ったというのはそぐわないような気がしていた。

屋敷に行きたがったのは、キャサリンだったのだ。ロドニーは恋人の頼みを断れなかったのだ。

「さっき、キャサリンはものを盗む癖がある、って言ったけど……普段から、そういうことがあったの？」

両手でボールを持ったまま、ジムはうなずいた。

「キャシーはいい子なんだけど、目の前に盗めるものがあったら、盗むのがあたりまえだから、悪いことだって思わないんだよ。両親にそう教えられてきたからね。今回のことも、たぶん、目の前に高価なお酒があったからロドニーのベッドに隠して、それをロドニーは喜ぶとでも思ってたんじゃないかな」

ジムははっきりと言った。

――やはり、酒を盗んだのはロドニーではなくて、キャサリンだったのだ……。

キャサリンに悪気がないということは、無邪気に手紙を書いてきたことでわかる。

キャサリンが困っているのは、ロドニーが仕事を辞めさせられたこと、連絡をとれなくなったことであって、自分が盗んだことを後悔しているわけではないのだろう。

しかし、ベッドの下に酒があることを知ったロドニーは、キャサリンが犯人だと知って思い悩み、自分がやったことにして仕事を辞めた。

きっと、本当にキャサリンを愛していたのだ。

依頼人が犯人である――ということは、わたしはどうすればいいのかしら……。

「ということは……ロドニーはキャサリンの罪をかぶったってことね」

マイアが言うと、ジムはうなずいた。

「そうとしか考えられないんだ、俺には。ロドニーは俺のところに来てからも、ずっと悩んでいた。俺は、もうキャシーと連絡をとるのはやめて、どこか遠いところで働いたらどうかって言った。結局ああいうのは治らないし、一緒にいたらまた同じようなことが起こるだろうしさ。ロドニーはそうだなって言って、それで、ずっとここに隠れて――」

「——ふざけんな、馬鹿野郎！」

そのとき声とともに、電光石火《でんこうせっか》の速さで、横から何かが飛んできた。拳《こぶし》である。

マイアの目の前で、ジムが絵に描いたように吹っ飛んだ。

マイアはびっくりして横を見る。

そこには顔を真っ赤にしたロドニーがいて、両の拳を握りしめたまま、倒れた友人に向かって叫んでいた。

「——馬鹿言うな、ジム！　おまえ、俺の仕事場を見せてもらえって、キャシーと一緒になって、しつこく言ってただろうがよ！　俺はできないって言ったのに！」

「——ロ……」

「まっ、待ってちょうだい、ロドニー！」

マイアがあわてて割って入ろうとしたが、十九歳の逆上した男を止められるわけもなかった。

ロドニーは倒れたジムに馬乗りになり、殴《なぐ》りかかった。

「どうして嘘をつくんだよ、ジム！　この、泥棒！」

ロドニーは泣きながら殴っていた。ジムの鼻から血が吹き出た。手からボールがこぼれて、ころころと道の上を転がっていく。

そのボールを、すいと大きな手が掬《すく》い上げた。

「しばらく殴らせておきなさい、マイア。ジムはそれだけのことをした」

ボールを拾ったのは、レヴィンだ。

レヴィンはボールを持ったままマイアに向かい、静かに言った。

かたわらには、栗色《くりいろ》の髪をした、小さな少女がいる。

少女は大きな黒い瞳を見開いて、恋人が幼なじみを殴るのをじっと見つめていた。

3

「――俺ら、ずっと、三人で仲がよかったんですよ」

ロドニーは言った。

場所は――ブランストン家。バイウルの部屋である。

レヴィンが連れていた少女は、やはりキャサリンだった。

キャサリンはメイドの仕事中ではあったが、主人である老夫婦に事情を話すと、外出を許可してくれたという。

ロドニーはジムをしばらく殴り、やっとおさまってきたころになって、キャサリンが、これから、ブランストン家に行こう、と提案した。

ブランストン家に行って、事情を説明して、わかってもらおう――と。キャサリンは最初から、そのつもりで来たらしかった。

ロドニーはバイウルの部屋の長椅子《ながいす》に、キャサリンを横にして座り、ぽつりぽつりと話している。

部屋の中央の椅子にはロドニーとキャサリンとマイア、向かいにはバイウルがいる。ジムはベッドの上で手当てを受けていた。

バイウルは、いきなり訪ねてきた昔の部下に対して、戸惑《とまど》いながらもすぐに受け入れた。

「俺とジムとキャサリンは、小さいころに、キャサリンの両親が捕まってから、兄妹《きょうだい》みたいに育ってきたんです。俺が三年前からブランストン家に勤められたのも、キャサリンをジムに任《まか》せることができたからだったし。キャサリンにいい勤め先が見つかって、本当によかったって思っていたのに、まさか、こんなことになるなんて」

「ジムは勤めていた工場で怪我《けが》をして、失業中だったらしいね。この半年ばかり」

レヴィンは言った。

レヴィンは窓際《まどぎわ》にさっきから、影のように立っている。口を開いたのははじめてだった。

マイアはなんとなく、部屋のすみで手当てを受けているジムに目をやる。

ジムの顔は腫《は》れあがり、シャツは血で汚れている。足もともふらふらで、歩くのもおぼつかなかったが、右手にはしっかり、サンドイッチの包みを持っていた。

かたわらではヘイルが、慣れた手つきでジムに包帯を巻いている。

……ヘイルは医術のこころえもあるのか。聞いたことはなかったが。

ジムは殴られたあと気力がなくなってしまったらしく、何も言わずにここまでひきずられてきた。

「キャサリンに盗癖《とうへき》があるっていうのは、本当なの？」

マイアは尋《たず》ねた。

ロドニーが体を固まらせる。バイウルが不思議なものを見るような目でキャサリンに目をやった。

「それは、あの……」

「──本当です」

ロドニーの言葉をさえぎるようにして、キャサリンが言った。

バイウルの視線を受けて、あわてたように付け加える。

「あの……昔です。いまは、ないです。今度盗んだら別れるってロドニーにも言われてたし、奥さまにも、ご主人さまにも話して、絶対にいけないことなんだって教わりましたから」

「それ、言っちゃったのかよ、キャシー」

ロドニーは頭をかきむしり、世にも情けない声を出した。

「勤め先の家に、自分は盗む癖《くせ》がありますって言うメイドがいるかよ」

「だって……。おとうさんとおかあさんのことを聞かれて、つい本当のことを答えてしまったし。奥さまはそれでも、わたしを、くびにしないって言ってくださったから」

　キャサリンは泣きそうな声で、恋人にいいわけをし、バイウルに向かって説明した。

「奥さまもご主人さまも、とてもいい方なんです。わたしが娘さんに似ているんですって。ご主人さまはもと先生なので、勉強も教えてくれるし。で、盗んだりするのは悪いことで、絶対にしちゃいけないって教わって、それで、もうやらないって決めたんです。奥さまにはロドニーのことも話して、今度、連れてくればいいって言われたりして」

　手紙と同様、キャサリンの言うことは要領を得ない。話があちこちに飛んで、何が言いたいのかわからない。

　もとメイドのマイアとしては、よくこれでメイドが務まるな、と感心してしまう。ジムじゃないが。

　ともあれキャサリンは十七歳にして、盗みは悪いことだ、とやっと悟ったらしい。

「だからわたし、ロドニーが酒を盗んだってことが信じられなくて……。だって、あんなに盗みはいけないことだって言っていたロドニーが、盗むわけがないもの。誰がなんて言ったって、それだけは本当のことなんです。でもどこに言ったらいいかわからないから、新聞に載《の》っていた探偵さんのところに、手紙を書くことにしたんです」

「――こいつは、昔からこうなんだ。思いつきでなんでもするんだから」

　困ったような声で、ロドニーは言った。

ジムを泣きながら殴ったときの名残《なごり》で、目が少し赤い。

顔はきれいだった。ジムは一度もロドニーを殴り返さなかった。

「ロドニーは、お酒を盗んだのがキャサリンだと思ったから、キャサリンをかばって、いいわけしなかったのよ。何も言わずに罪を引き受けて、辞《や》めたんだわ」

マイアは言った。

「――そうなのか」

バイウルが尋ねた。

それまでバイウルは口をきかず、じっとロドニーたちの言葉に耳を傾けていた。

「――そうです」

ロドニーが固い声で答える。

キャサリンが唇《くちびる》をとがらせた。

「わたし、そんなことしないのに」

「これまでも、しないって言っていて、したことがあっただろ。簡単に信用できるかよ」

「だったら、この家になんて入れなきゃいいじゃない！」

「今度こそは、大丈夫だって思ったんだ。絶対に大丈夫だって思ったんだ。裏切られるなんて思ってもみなかった」

「裏切ってないじゃない！」

長椅子の上で、これまでも何回も繰り返されてきたらしい痴話喧嘩《ちわげんか》が始まりかけるのに、まあまあ、とマイアが割って入る。

バイウルはふたりのやりとりを聞いて、苦笑のようなものを浮かべている。

キャサリンは気はきかないが、どうも憎めないというか、許してやりたくなるようなところがある、とマイアは思った。失敗ばかりする猫のようだ。主人の老夫婦がキャサリンをかわいがっているらしいのは、この性格のおかげに違いない。

「キャサリンは裏切ってないわ。本当はやったのはジムだったのよ」

マイアは続けた。

「ジムはキャサリンが来たとき、ロドニーの仕事場に連れてってもらえって何回も言って、キャサリンはその気になった。ロドニーは本当はいけないことだって知ってたけど、キャサリンにねだられて、ここに来て、倉庫やら、自分の部屋やらを見せたんでしょう」

「――そう。なんとなく……。俺は、キャシーの言うことには、なんか逆らえなくて」

言いにくそうにロドニーは言い、バイウルの厳しい視線をうけて、あわてていいわけした。

「でもちょっとだけだし、大事な奥の倉庫には絶対に入らせなかったよ」

「ジムは、そのとき一緒に来てたのよ。きっと、離れて見ていたんだわ」

マイアが言うと、そこにいる全員が、なんとなく、ベッドに目を走らせる。

包帯だらけのジムは、無言でそっぽを向いた。

「そしてジムは門が開いているときにこっそり入り込み、倉庫から肉と酒を盗み出したんだわ。そして、ロドニーの寝室のベッドの下に隠したのよ。メイドが見ていたのは、そのときのジムの姿でしょう。背はジムのほうが高いけど、年格好は同じだし、雰囲気《ふんいき》も似てるわ」

「あとでメイドを呼んで、ジムを見てもらうつもりだ。彼女が見たのはロドニーでなく、ジムだったのかどうか。たぶん……そのとおりだろう、と思うが」

　バイウルがつけ加えた。

「――俺は、ずっとキャシーが犯人だと思っていたんだ」

　搾《しぼ》り出すように、ロドニーが言った。

「まさかジムだなんて思わなかった。マイアさんに、メイドが俺に似た男の姿を見たって聞いて、変だって思ったけど、それでも何かの間違いだって。キャシーの手紙を読んで、あの人がキャシーを連れてきて、話を聞いても、それでも信じられなかったくらいで。ジムが何かを盗んだなんて、聞いたことないし」

「じゃあどうして、殴ったりしたのよ？」

「ジムが、キャシーが真犯人で、泥棒《どろぼう》ですみたいなことを、マイアさんにべらべらしゃべっているからさ。腹がたっちまって」

　ロドニーは怒りを思い出したらしく、拳《こぶし》をてのひらに打ちつけた。

「今になってやっと気づいたんだよ。キャシーは泥棒じゃない。もう盗まないって約束した。

今度盗んだら別れるって言ってあったし、こいつは、俺と別れるのだけはいやなはずなんだ。それなのに、盗品を俺の部屋に置くわけない」

ロドニーは一息に言うと、椅子に背中をもたれさせた。

なんとなく、部屋の中がしんとする。

「しかし——なんのために?」

口火を切ったのは、バイウルである。

一同は視線をベッドの上に向けた。

手当てはもう終わっていて、頭と体に包帯を巻いたジムはふてくされたように、足を投げ出して座っている。

ジムは一言も口をはさまなかったが、すべて聞いていたはずである。

ヘイルはかたわらにひかえ、もう視線から患者をかばうことはしない。

ジムはじっと誰もいない空間を見つめていたが、やがて沈黙に耐え切れなくなったように、口を開いた。

「——俺は、キャシーが好きだったんだ」

ぽつりと小さな声で、ジムは言った。

「俺だって、キャシーが好きだったんだよ。だから……ロドニーと、別れさせたかったんだ」

キャサリンはぽかんとして、ジムを見つめた。

その頬が少しずつ、桜色に染まっていく。

ロドニーは複雑な表情でジムを見つめ、ふいに、強くキャサリンの肩を抱き寄せた。


「マイア」

馬車の用意ができるまでの間、マイアが裏庭を歩いていると、バイウルがやってきて、横に並んだ。

ブランストン家では夕食の準備が進んでいるらしく、肉の焼けるいい匂《にお》いが漂ってきている。

「ロドニーのこと、また雇ってくれる？」

よく手入れのされた銀杏《いちょう》の木に手をかけながら、マイアは尋ねた。

バイウルは苦くほほえんだ。

「それはわからないな。彼が恋人を屋敷に引き入れたのは誉《ほ》められたことじゃない。だが、意見はしてみよう。ロドニーはいい青年だからね。だめでも紹介状くらいなら出せるだろう」

「よかった。自分のせいじゃないのに仕事を失うのは辛《つら》いもの」

「そう思っているのは、きみだけじゃないよ、マイア。――この屋敷に帰ってくるつもりはないのかい？」

マイアはバイウルを見た。

どうしていきなり、バイウルがそんなことを言うのかわからない。

――いや、わかる。

「でも……わたしは」

マイアが口ごもると、バイウルはうなずいた。

「マイアの事情は知っている。先日、アランさまが言ったらしいからね。あの指輪は盗んだものじゃなくて、自分が贈りものとしてあげたんだって。きっと、ずっと気にかかっていたんだろう。婚約者には伝えてないが……。まあ、みんな知っていたがね。きみはこの屋敷に戻ってくればいいよ。みんな歓迎するし、いづらいと言うのなら、きちんとした屋敷を紹介してもらえると思う。アランさまから、手紙は来てないかね？」

「――来たわ」

マイアは答えた。

朝いちばんに指輪とともに来た、アランからの手紙。

――きみにはすまないことをした、マイア。傷つけるつもりはなかった。あのときは、ああ言わざるをえなかったんだ。きみが出ていってから、ずっと後悔していた。事情は父に説明したよ。父はきみに働き口を紹介したいと言っている。この指輪を受け取って、もう一回、会ってもらえないだろうか――。

だったらもっと早く言え。

さもなきゃ、永久に放っておいて。

どうせ愛してくれないなら、憎むことくらい許してよ。

そう言ってやれたらどんなにいいかと思うが、アランにはわからないだろう。

門の向こうに、レヴィンが見える。レヴィンはマイアとバイウルを見つけて、ゆっくりとこちらに歩いてこようとしている。

本人には言いたくないが、信じられないくらい美しい。アランよりも。

「残念だけど。わたし、新しい仕事を見つけたのよ、バイウル。とても素敵な仕事なの」

マイアはバイウルに向かい、全力の愛想《あいそ》をこめて、にっこりと笑った。


「どうだい、マイア。昔の勤め先の仲間を見返してやった気分は？」

レヴィンが言った。

場所はクレセント事務所である。

もう夕方を過ぎていた。窓の外はとっぷりと暗くなり始めている。

どうもレヴィンは、夜のほうが調子がいいようだ、とマイアは思った。

書斎机の前の定位置に腰かけ、朝の不機嫌《ふきげん》さはどこへやら、からかうようなほほえみを浮かべている。

かけている。

マイアの机の上には、白い花が一輪、グラスに挿《さ》して飾ってあった。こちらは少し、しおれ
「見返すとかじゃないわ。バイウルは最初から、わたしのことを心配してくれていたもの。ロドニーのことも気にかけてたし」

「ジムのことは何か言ってなかったか？」

マイアは目をぱちくりさせる。

「バイウルのことだから、警察には突き出さないと思うけど。どうしてジムのことを訊《き》くの？」

「ヘイルが彼とちょっと話をした。彼の左手は、工場で機械に巻き込まれて怪《け》我《が》をしたものだ。それで辞めることになった。自分のせいじゃないのに仕事を失ったのはジムも同じだ」

かちゃり、と音がして扉が開く。ヘイルが部屋の中に入ってくる。

ヘイルは盆にコーヒーを持っている。二人分だ。

「ロドニーが言っていただろう。彼らは三人で仲がよかったと。三人組の友だちがいて、ふたりが順調なのに、自分だけうまくいかないのは辛いものだよ。彼があんなことをしたのは、単に恋のために行き過ぎただけじゃないんじゃないかね」

レヴィンはコーヒーをとり、ゆっくりと口に運んだ。

「なにしろ人というのは、仕事がないと馬鹿なことを考える。旧友に殴られて、ジムの目が覚

めたのならめっけものだ」

　マイアは、つまらなそうに布のボールを蹴《け》っていたジムを思い出した。

　コーヒーショップで包んでもらったサンドイッチを、ジムはちゃんと食べたかしら、と思った。ジムは殴られながらも、あの包みを放さなかった。

「仕事をするのは生活のためだわ。別に、馬鹿なことを考えないためじゃない」

　いいわけをするように、マイアは言った。

「正しいね。正しくいられるのは幸せなことだ」

「だったらあなたは不幸ね。本当は仕事なんてしなくていいんでしょ。貴族だから」

　マイアは言った。

　マイアにはどうしても、この事務所が、レヴィンの生活のためにあるとは思えない。

　レヴィンはふと、真顔になった。

　あてずっぽうの挑発だったが、少しはあたっていたらしい。

「なんのことかな。マイア？」

　レヴィンはすぐに調子を取り戻した。

　マイアは自分のコーヒーをとった。

　レヴィンをへこませてやるのは、ちょっと気分がいい。

　ヘイルはふたりにコーヒーを配ったあと、すみの椅子に座った。興味深そうにふたりの会話を聞いている。

「ブランストン家の客用メイド、マイア・クラン。きみはなかなか優秀だったらしいね。まあまあの美人で、笑顔がかわいらしく、賢くて、よく気がつく。きみ目当ての客だっていたみたいじゃないか」

　レヴィンが話を変えた。

　いったいどこで聞き出してきたのか――バイウルか、ロドニーか！

　まったくおしゃべりなんだから、と腹をたてつつ、マイアはすました顔で答えた。

「優秀だったわよ。がんばっていたもの」

「アラン・ブランストンは下手《へた》を打ったな。おかげでぼくはきみを手に入れることができた。――どうかな、マイア。新しい働き先を見つけたお祝いに、無料で仕事を請《う》け負《お》ってあげようか」

「わたしがあなたに頼む仕事はないわ」

「そうかな？　ひとつ、面白いものがあると思うがね。つまり、きみのポケットに入っている指輪だ。それをもう一度、見る目のないアランに突き返すなら、ぼくが協力してあげよう。いくらでもやりかたはある。彼のちゃちなプライドを打ち砕くことも、婚約を壊すこともできる。あっさりと忘れて別の道に行くように、踏ん切りをつけさせることもできる。アランにきみをもう一度惚《ほ》れさせるのは、ぼくとしては避けたいけど」

マイアははっとして、レヴィンを見た。

それから、まんまと反応してしまった自分を恥じる。

「――ここは探偵事務所じゃなかったの」

窓の外には月が出ていた。絵に書いたような三日月だ。レヴィンの黒髪がさらりと光る。

「良心的な、いい事務所なんだよ。探偵事務所だが、目的は人を救うことだ。つまり、がんじがらめになっている人間というものを」

「いろいろと、表立っては言えないようなことを画策《かくさく》して？」

「そのとおり。世の事件というものは、面白おかしく公表できるようなことばかりじゃない。そういう題材は、流行《はや》りの探偵作家に任《まか》せておけばよろしい」

人を救うとか言うわりには、やりかたは乱暴だと思うんですけど――。

マイアはほんの少し考えてから、レヴィンと向き合った。

「お断りするわ、レヴィン」

「ほう、それはどうして？　アラン・ブランストンにまだ未練がある？」

「あなたに借りを作りたくないからよ。探偵事務所の有能な所長、レヴィン・クレセント」

レヴィンはにやりと笑った。

この顔は、調子がいい証拠だ。

まだ短いつきあいだが、マイアにもそれくらいはわかるようになっている。

「探偵貴族だよ、マイア」

明るい蒼の目を少し細めて、にやりと笑って、レヴィンは言う。

そのときマイアは、レヴィンのこの顔が嫌いではない、と思ったのだった。——面白くないことに。

あとがき

こんにちは、青木《あおき》です。『八番街の探偵貴族』、一冊目です。読みきりで2話入っています。ヴィクトリア朝末期、勤労少女、探偵事務所、変わりものの美形青年貴族、といろいろ詰め込んでみました。強気な女の子はけっこうひさしぶりです。

『ベリーカルテットの事件簿』について考えているうちに生まれたので、同じ時間軸《じく》です。ベリーカルテットが表ならこっちは裏です。正統派の犯人捜しでなく、人に言えないやりかたで解決する感じ。主人が怪《あや》しければ助手も無謀。依頼人も変。

⑪《トイチ》さん、ありがとうございました。しっかり者っぽいマイアちゃんが大好きです。

いろいろ書きたいのですが、今回ページ数がギリギリなのでこのあたりで。

これが出るときは春、連休の間かな。みなさまにいいことがありますように！

二〇一四年　三月

青木　祐子

※この作品はフィクションです。実在の人物・団体・事件などにはいっさい関係ありません。

あおき・ゆうこ

獅子座、A型。長野県出身。「ぼくのズーマー」で2002年度ノベル大賞を受賞。著書に「ヴィクトリアン・ローズ・テーラー」シリーズ、「上海恋茶館」シリーズ（いずれもコバルト文庫）など。好きな動物は猫とパンダと恐竜。和食派。趣味は散歩。

八番街の探偵貴族

はじまりは、舞踏会。

COBALT-SERIES

2014年5月10日　第1刷発行

★定価はカバーに表示してあります

著　者　青木祐子
発行者　鈴木晴彦
発行所　株式会社　集英社
〒101－8050
東京都千代田区一ツ橋2－5－10
(3230) 6268 (編集部)
電話　東京 (3230) 6393 (販売部)
(3230) 6080 (読者係)

印刷所　大日本印刷株式会社

ISBN978-4-08-601805-0　C0193

好評発売中
コバルト文庫
魅惑のヴィクトリアン・ミステリー！
ベリーカルテットの事件簿
薔薇と毒薬とチョコレート
青木祐子
イラスト／明咲トウル
貴族の別邸に勤めることになったメイドのシャノン。
到着早々、お客様が亡くなる事件が発生して!?